Bär, weg mit dem Pelz

Bär, weg mit dem Pelz. Von Michael Wagner (Pseudonym)

AF284129

Michael Wagner

Bär, weg mit dem Pelz

Ein Bärseller

Impressum

Bibliografische Information der Deutschen
Nationalbibliothek:
Die Deutsche Nationalbibliothek verzeichnet diese
Publikation in der Deutschen Nationalbibliografie;
detaillierte bibliografische Daten sind im Internet über
http://dnb.dnb.de abrufbar.

Herstellung und Verlag: BoD – Books on Demand,
Norderstedt

ISBN: 978-3-7562-1763-2

BÄR, WEG MIT DEM PELZ

Es war an einem Freitagabend gegen halb zwölf, als ein sturzbetrunkener Mann Anfang 30 auf den Treppenstufen einer Provinzdisco saß und sich klar darüber wurde, dass er sein Leben verpfuscht hatte, dass er den Tiefpunkt erreicht hatte. Den tiefsten Punkt eines Lebens, das aus Arbeit und Alkohol besteht. Er erkannte, dass er ein verkorkstes Arschloch ist, das einen Scheiß auf seine Gefühle gibt, und auf die der anderen noch viel weniger. Schleim lief aus seiner Nase. Er wischte die Tränen ab. Leere füllte ihn aus. Tief gedemütigt, und doch nicht in der Lage, zu erkennen warum eigentlich genau, senkte er seinen Kopf. Seine Krawatte schwankte halb aufgeknöpft über dem mit Rotwein befleckten weißen Hemd. „Nein, so geht's nicht mehr weiter", ging es ihm durch den Kopf. Er torkelte nach draußen, um zu seinem Wagen zu kommen. „Nur heim".

Während der Autofahrt musste der Mann anhalten. Er hatte nicht mehr dieses ungute Gefühl im Magen. Dennoch musste er sich übergeben. Nicht wegen des Alkohols. Der beruhigte seine geschundene Seele. Eher wegen des Schmerzes, den er fühlte. Seit Tagen.

Er stand gebeugt neben der Fahrertür. Das Autoradio dudelte. Und jetzt hörte er den Sänger. Zum ersten Mal seit langem fühlte er sich wieder geborgen. Ihm wurde schwindelig. Er hörte auf die Schreie in seiner Brust: „Wer denkst du, dass du bist? Jesus Christus – Superstar, wer meinst du, bist du".

Er fiel zu Boden, sein Husten wollte nicht aufhören. Der Mann schlief auf dem Parkplatz ein, den Kopf neben einem Haufen Müll in einer Lache aus Erbrochenem.

Wie er heimgekommen ist und wie er den Weg ins Bett gefunden hat, wusste er am anderen Tag nicht mehr. Er wusste nur, er lag im Bett und krümmte sich, den Kopf auf die Hände gelegt. Den Kopf so voll, dass kein Gedanke möglich ist.

Dieser Mann war ich.

Angefangen hat die Geschichte damit, dass mich meine Eltern in ein Internat in der Schweiz geschickt hatten. Ich hatte mich gewehrt, mit Händen und Füßen. Eines Septembertages eröffnete mir meine Mutter, dass es wohl das Beste für mich sei, wenn ich den Rest meiner Schulzeit bis zum Abitur in der Schweiz verbringen würde. Eigentlich war es das Beste für sie, nur das war mir damals noch nicht klar. Mit meinem Vater lief die Ehe wohl nicht mehr so gut. Ich hatte das nicht bemerkt. Es schien alles der reinste Sonnenschein zu sein. Bis zu dem Tag, an dem sie mich ins Auto pressten. Ohne diesen Zwangsumzug wäre mein Leben wohl komplett anders verlaufen. Wie dem auch sei, die Entscheidung meiner Eltern stand fest. Wir fuhren ins Rüttikon, wo ich von nun an lernen sollte, wie ein anständiger Mensch aus mir wird.

Da stand ich nun also auf dem Campus irgendeines unwichtigen Internats im Herzen der Schweiz. Der Gebäudekomplex lag oberhalb der Stadt, die Aussicht war nicht zu verachten, die Pflanzparzellen akkurat angelegt. Küsschen von Mama, Handschlag von Vater – und weg waren sie. Es gab keine lange Abschiedszeremonie, ein neuer Teil meines Lebens hatte angefangen, und ich konnte, selbst wenn ich gewollt hätte, nichts dagegen tun. Ich fühlte mich verlassen - lange wollte ich nicht so dastehen. Es hätte mich ja einer meiner Mitschüler sehen können, wie ich neben dem Direktor auf dem Hof stand, weit davon entfernt, zu weinen - aber hilflos und alleingelassen in einer fremden Welt. Keine Menschenseele war zu sehen. Der mittelalterliche Gebäudekomplex in seiner Mächtigkeit tat sein Übriges, um mein Unbehagen zu verstärken. Der

Schulleiter fasste an meine Schulter und sprach ein paar aufmunternd gemeinte Worte, im Gesicht ein aufdringliches Grinsen: „Sie werden sich hier bald wohl fühlen, Sie werden schon sehen. Sie werden sich später bei Ihren Eltern bedanken, dass sie Sie hergebracht haben." Er hätte mir auch aus dem Steuergesetzbuch vorlesen können. Er hätte die gleiche Wirkung erzielt. „Ja, bestimmt", sagte ich und folgte ihm die steinernen Treppen hinauf, um mein Zimmer zu inspizieren. Immer wieder drehte sich der Schulleiter um und blickte mich mit seinem militanten Lächeln an.

„So, hier ist es, ich lasse Sie jetzt allein, seien Sie herzlich willkommen". Und weg war auch er. Ich öffnete die Tür von Zimmer 134 und trat ein, immer noch mit einem bleiernen Gefühl im ganzen Körper.

Er saß da im Schneidersitz mit blankem Oberkörper und einer Halskette, die indianisch aussah. Seine Stoffhose war gebatikt. Das Haar kurz geschoren. Er wirkte sympathisch, mein Zimmergenosse. Zwei Betten, zwei Zonen. Die eine war kahl und hatte den Charme eines Krankenhausganges. Sein Bereich des Zimmers hingegen war mit Traumfängern, Tüchern und Figuren indischer Gottheiten geschmückt. „Ein netter Paradiesvogel", dachte ich. Keines Blickes hat er mich gewürdigt. Er sprang auf und tänzelte aus dem Zimmer, kaum, dass ich den Raum betrat. Schüchtern und zurückhaltend trat ich ein. „Na, an mir soll's nicht liegen", sagte ich zu mir selbst und begann, nun schon etwas forscher, meine Kleider aus dem Koffer zu räumen.

Beim Blick aus dem Fenster wurde mir weh ums Herz. Am Ende des Himmels thronte eine Bergkette, kleine Städte lagen auf dem Weg zum Horizont. Ich lehnte mich aus dem Fenster, zündete eine Zigarette an und inhalierte tief. „Das wird schon", munterte ich mich selbst auf. „Du bist fast 18 und wirst denen schon zeigen, wie stark Du bist."

Der Unterricht begann erst in einer Woche. Genug Zeit, um meine neue Umgebung kennen zu lernen. In der ersten Zeit erlebte ich nicht viel. Ich schlief lange und sprach nicht viel. Nachts hielt mich Paul vom Schlafen ab. Den Namen meines Zimmernachbarn hatte ich in der Raucherecke auf dem Gang erfahren. Die anderen kannten ihn nicht gut, aber sie machten Andeutungen, dass er viel mit Frauen habe und die auch mal heimlich ins Internat schleuse. Alles in allem sei er ein „Spinner". Er sprach im Schlaf. Ich konnte zwar nicht viel verstehen, aber Paul schien lebhafte Träume zu haben. Er diskutierte mit sich selbst über den Sinn und Unsinn, beim Fliegen einen Sturzhelm zu tragen und ab und an lachte er auch. Eigentlich war es mehr ein Glucksen.

Die Stunden gingen vorbei. Mittags rief uns der Gong in den Speisesaal, der Rest des Tages stand zur freien Verfügung, wobei wir angehalten waren, zu lernen und den Stoff des vergangenen Schuljahres noch einmal durchzugehen. Ich lag meist im Bett. Diese fremde Sprache, dieses Schweizerdeutsch, das die meisten sprachen, war mir zuwider. Ich fühlte mich einsam und verloren, wenn ich diese Sprache hörte.

An einem der ersten Abende im Internat schrieb ich Briefe und ging früh zu Bett. Gegen 2 Uhr kam Paul ins Zimmer gepoltert. Er stöhnte und ließ sich ins Bett fallen. Er hatte einen Ferienjob in der Stadt und an diesem Abend blieb er länger unten als bis 23 Uhr. Bis dahin hatten wir das Licht zu löschen. Er hatte sich verbotenerweise betrunken, das konnte man riechen. Bis zu diesem Abend hatten wir nicht viel oder eigentlich gar nichts miteinander gesprochen. Paul schien mich zu meiden, er zeigte mir die kalte Schulter. In dieser Nacht sollte das anders sein.

- „Hi", sagte Paul.

- „Hallo", sagte ich. „Du solltest leiser sein, wenn sie Dich erwischen".
Er lachte. „Ach was. Was sollen die mir denn anhaben. Ich habe schon mehr als eine Ermahnung weggesteckt. Du musst lockerer werden, sonst gehst Du hier drin ein. Nun erzähl erstmal, wo kommst Du eigentlich her?"
Ich sagte ihm, dass ich aus einer kleinen Stadt in Deutschland komme. Und dass er schon recht habe, ich fühle mich hier elendig verloren.
„Ach was, das kann auch ganz spaßig hier sein", sagte er: „Ich heiße Paul".
Wir gaben uns die Hand. „Hast du dich schon ein wenig eingewöhnt?" Ich sagte Ja, senkte dann aber den Kopf.
- „Ach komm, du musst dich mehr disziplinieren, es hilft nichts, wenn du deine Zeit hier nur verschläfst".
- „Sehr richtig".
- „Stell dich nicht so mimosenhaft an"
- „Du hast ja leicht reden"
- „Am Anfang ist es immer schwer".
- „Ich weiß nicht, was hier so viel besser werden soll."
- „Wirst schon sehen, es ist cool hier, das kann es zumindest sein, wenn Du dich mit deiner Situation anfreundest".
- „Na ja, mal sehen."

- „Was soll denn aus Dir mal werden, wenn Du fertig bist mit der Schule?
- „Ich weiß nicht.“
  Ich schwieg. „Na, was ist jetzt“, sagte er.
- „Nun, ich schreibe gern und könnte mir auch vorstellen, Schauspieler zu werden.“
- „Na, das ist doch was.“
- „Und Du, was willst du machen?“
- „Ist mir egal. Ich mache das, was ich will. Ist mir gleich, ob ich viel Geld verdiene. Ich will leben, fertig“
- „Ich habe einen Traum. Wenn ich mit 35 noch nicht einen Gnadenhof für Schafe in Irland habe, dann ist alles zu spät“, sagte ich etwas schüchtern.
-

Er lächelte. Dabei wurden seine Lippen so lang, wie ich es nie zuvor gesehen hatte. Seine Mundwinkel zeigten nach oben, aber erst in einem Bereich, wo eigentlich keine Lippen mehr sind. Es tat gut, ihn lächeln zu sehen. Er habe reiche Eltern, erzählte Paul. Ein Haus gehöre schon heute nahezu ihm. Es stehe leer und er habe wohnrecht. „Da gehen wir am Wochenende gemeinsam hin und lassen die Kuh fliegen, das ist fürs erste besser als auszuwandern“, sagte er und zog ein in Folie gepacktes Bündel heraus, das aussah wie Blätter eines Baumes. „Bestes Gras“, sagte er. Ich wollte mir meine Unwissenheit nicht anmerken lassen und grinste.

Dann rauchten wir. Es brannte in meinem Hals. Zigaretten war ich gewöhnt, aber ich musste dennoch husten. Mir wurde wohl. Und ich erzählte von daheim und von Annabelle, mit der ich immer Indianer gespielt habe, der ich schwor, sie zu meiner Frau zu nehmen.

Dabei musste ich so lachen wie lange nicht mehr. Ich konnte nicht mehr aufhören. Kaum, dass ich dachte, ich beruhige mich, schüttelte mich eine neue Lachattacke. Paul saß und hielt den Kopf leicht schräg. Er lächelte. Als ich wieder zur Ruhe gekommen war, erzählte er mir von sich.

- „Weiß du, was die anderen sagen, das kannste alles vergessen. Ich gebe einen Scheiß darauf, was die von mir denken."
- „Da hast du recht. Es ist unglaublich, wie sich manche Leute das Maul verreißen."

Paul nahm regelmäßig Drogen. Das tue seiner Seele gut. Ab und an halte er mit Bekannten Sessions ab, während denen sie kifften und auch andere Drogen nahmen.

Ich dachte immer, wer Drogen nimmt, ist süchtig, ungepflegt und steht nahe vor dem Tod. Paul belehrte mich eines bessern.

- „Was reizt Dich so an Irland", fragte er mich.
- „Die Wiesen sind grün und saftig, das Wetter rau und die Menschen nett. Außerdem geht dort alles ein bisschen gemütlicher zu als hier bei uns. Ich stelle mir dort ein unglaublich freies Leben vor. Stell Dir vor, Du könntest jeden Morgen aufstehen und wissen, Du tust es nur für Dich. Nicht für den Lehrer oder den Chef"

Er grinste in einer sehr angenehmen Art: „Willst Du ohne Geld nach Irland und die Schafe ernähren? Womit willst Du ein Haus und Grundstück zahlen, was willst Du essen?"

Das machte mich wütend. „Weißt du, wie mir hier alles stinkt. Was fange ich denn an mit meinem Leben? Ich sitze den ganzen lieben langen Tag nur rum und höre mir den Schwachsinn an, den andere verzapfen. Ich muss weg. Ich habe das Gefühl, entweder ich gehe weg oder hier ein."

Ja, das wollte ich. Das Problem war nur, ich bekam einfach den Hintern nicht hoch. Im Pläne schmieden war ich gut, Pläne die sich fern jedweder Realität bewegten - nur um eine

Entscheidung umzusetzen, dazu fehlte mir der Mumm.

Paul hatte an diesem Abend schon recht, es waren eigentlich nichts als Flausen, die ich mir selbst in den Kopf gesteckt hatte. Vermutlich würde ich nie auf die Insel ziehen. Und doch, in meiner Brust fühlte ich ein Sehnen. Ich hatte das Gefühl, alles zurücklassen zu müssen oder vor die Hunde zu gehen.

Paul riss mich aus meinen Gedanken an weite Wiesen und strömende Brandung. „Hast Du keine Frau, die Dich zurückhält?"

Ich zögerte mit der Antwort, es war mir äußerst unangenehm über Frauen und Gefühle zu sprechen, sagte dann aber: „Nein, ich habe keine Freundin. Sieh mal, ich sitze hier in diesem verschissenen Internat, weit weg von Zuhause. Was sollte mich schon zurückhalten? Ich könnte ein neues Leben anfangen." Zögerlich stellte ich die Frage: „Und Du bist ein Frauenheld, habe ich recht?"

Pauls Lachen endete in einem hässlichen Husten. Ich weiß heute nicht, ob Paul wegen der Dummheit der Frage lachte oder weil ihm die

Vorstellung, ein Frauenheld zu sein, so amüsant vorkam.

Nur, in diesem Moment fiel mir nichts Besseres ein und ich wollte das Gespräch auf jeden Fall vom Thema „Frauen und ich" weglenken. Paul stieg ein: „Ich weiß noch nicht, ob ich schwul bin, also vögele ich erstmal jede Frau, die mich lässt und das könnte ich meinetwegen auch in Irland tun".

Die Unverfrorenheit dieser Antwort war mir damals nicht bewusst, ich dachte nur, dass ich diesen Paul erst seit sehr kurzer Zeit kannte und fand ihn in dieser Sekunde zum Kotzen. Ich wurde konservativ erzogen, über Sex wurde nicht geredet. Ich war baff. Und was Paul kurz darauf sagte, widerte mich an. Er berichtete davon, wie ihm einmal ein Bekannter während einer Kiff-Session einen geblasen hatte, und dass das ziemlich geil gewesen sei.

Mir war das nicht geheuer und antwortete ihm: „Ich habe nichts gegen Schwule, ich kann sie nur nicht ausstehen". Er lachte.

An diesem Abend wurden wir Freunde.

In den folgenden Tagen sprachen wir viel, rauchten heimlich im Zimmer, tranken jede Menge

Bier und schon war es soweit: Die Schule fing an.
Mittlerweile war auch mein Bereich des Zimmers
wohnlicher geworden. Kunstdrucke mit nackten
Frauen, Karten, die mir meine Freunde aus der
Heimat geschickt hatten, und eine Blume hatte ich
aufgestellt.

Am Abend vor Schulbeginn dachte ich, ich könne
vor Nervosität kaum einschlafen. Paul döste, ich
hörte ihn nebenan schwer atmen. Ich nahm meine
Kopfhörer, die ich an mein Radio angeschlossen
hatte, und träumte vor mich hin. Seit dem Abend,
an dem ich mit Paul Gras geraucht hatte, schien in
meinem Gehirn eine Tür aufgestoßen worden zu
sein, von der ich zuvor nicht einmal wusste, dass
sie existiert. Lieder berührten mich auf einmal viel
intensiver. Ich konnte mich in ihre Geschichte
einklinken und jeden Ton spüren, jede Zeile ließ
ein Bild entstehen. Phil Collins sang „True Colors".
Ich glaubte in diesem Moment, niemals zuvor ein
solch perfektes Lied gehört zu haben. Ich wusste es
noch nicht, aber auch ich würde bald jemanden
treffen, dessen wahre Farben ich erkennen konnte.
Ich genoss das Lied. Als es vorbei war, fühlte ich
mich geborgen, träumte von einer perfekten
Zukunft und nahm kein Problem, das mich vorher
noch so stark belastet hatte, mehr wahr. Es war ein
unglaubliches Gefühl der Sicherheit, das mich
übermannte. Kurz darauf war ich eingeschlafen.

Mit der Gewissheit, dass es kein unlösbares Problem auf dieser Welt gab.

DER ZWEITE ABSCHNITT

Am nächsten Morgen fühlte ich mich wie gerädert. Als ich aufwachte war das Zimmer leer. Mit einem Satz war ich aus dem Bett, sobald mir klar war, dass der Unterricht in zehn Minuten beginnt. Hektisch zog ich mich an, putzte die Zähne und rannte die Korridore hinunter, um nicht zu spät zu kommen. Ich war pünktlich.

Die anderen nahm ich nicht weiter wahr. Sie saßen grüppchenweise zusammen und unterhielten sich, bis der Lehrer den Raum betrat. Die erste Stunde begann und war unerträglich. Dem Lehrer konnte ich in keiner Weise folgen. Meine Lieder waren schwer. Ich stützte meinen Kopf mit meinen Armen und fragte mich, wie ich diesen Tag herumkriegen sollte. Dann drehte ich meinen Kopf ein wenig nach links.

Alle Mattigkeit wich aus meinen Gliedern. Es war ein unglaublicher Anblick. Da war es, mein neues Leben. Da saß sie, die Frau aus meinen Träumen.

Ich konnte die Augen nicht mehr abwenden und wenn ich überhaupt was dachte, dann, dass ich nie eine schönere Frau gesehen habe. Ihre Haare waren schwarz und schimmerten. Sie waren lang und fielen immer wieder in Strähnen über ihr Gesicht. Es war etwas länglich und ihre Nase lief spitz zu. Sie hatte ein klein wenig die Form eines Adlerschnabels und sie hatte genau die richtige Größe. Ihre Augen leuchteten. Alle Worte sind nicht in der Lage zu beschreiben, was ich empfand, als ich Sara das erste Mal sah. Es war wie nach Hause kommen. Es war wie ein Aufwachen aus tiefem Schlaf. Es machte mich glücklich, sie anzusehen. Mehr wollte ich nicht. Und ich hoffte, diese Stunde würde nie vorüber gehen, für ewig andauen.

Ich sah sie einfach nur an und fühlte mich wohl. Der Lehrer stellte ihr eine Frage. Sie sprechen zu hören ließ mich beinahe platzen vor Glück. Hilflos war ich ihr ausgeliefert. Kein Gedanke an Zukunft oder Vergangenheit, nur sie. Es war die reinste Freude. Irgendwann bemerkte sie, dass ich ununterbrochen zu ihr hinüberschaute. Sie lächelte. Und ich war zufrieden. Es war der Himmel auf Erden.

Aber auch diese Stunde ging vorbei. Wir packten unsere Sachen ein und gingen zur Pause auf den Gang.

Dort kam sie zu mir.
- „Hallo".
- „Hallo", die Begrüßung kam geradeso aus meinem Mund heraus. Mir schwindelte.
- „Du scheinst mir sympathisch zu sein. Lass uns doch mal eine Cola trinken gehen". Der Boden unter mir schien nachzugeben. Ich versank irgendwo darin. Mein Körper schien durchlässig zu sein. So stand ich da. „Ich bin nur ein Träumer, aber Du bist einfach ein Traum. Schön, dass Du mit mir was trinken gehen willst. Klar gehe ich mit, es gibt nichts Schöneres für mich".

Die Antwort ist irgendwo zwischen Bauch und Hals stecken geblieben. Ich sagte nichts. Ich schaute nach rechts und auf den Boden. Es war so, als könnte ich mich für keinen der tausend Buchstaben in meinem Kopf entscheiden. Ich sagte nichts, einfach nichts.

Und irgendwann hörte ich mich sagen: „Ok, bis dann".

Ich ging weg, einfach weg. Und ich hoffte, dass ich mir diesen Moment nur erträumt hatte, dass er einfach nicht real ist. Doch er war es. Ich hatte also ihre „Farben" erkannt, doch war nicht in der Lage, es ihr zu zeigen. Ich hatte Angst sie könnte mich verletzen.

Ich konnte nicht mehr zurück in die Klasse. Es ging nicht, so meldete ich mich beim Lehrer und sagte, dass es mir unglaublich schlecht geht. Ich ging in mein Zimmer, um mich unter der Bettdecke zu verkriechen.

Gegen Mittag kam Paul ins Zimmer.
„Was ist los, plötzlich warst Du leichenblass, bist du krank?"
„Komplett kaputt", sagte ich und erzählte ihm, was passiert war.
Paul riss die Augen auf.
„Was hast Du gemacht, bist Du noch zu retten? Du Idiot, jetzt hält sie dich für ein totales Arschloch. Was ist nur los mit Dir?"
Ich sagte nichts, sondern schaute betrübt auf den Boden.
„Oh Mann, das kann ich nicht verstehen".
„Weiß doch auch nicht."
„Lass uns einen trinken", hauchte Paul mir mit rauer Stimme zu.

Er griff in seinen Nachtischschrank und holte eine Flasche Whiskey hervor. Das tat gut, Nachmittag hin, Nachmittag her. Mein Magen wurde warm und ich konnte wieder klare Gedanken fassen. Nach zwei Gläsern war ich soweit: „Ich gehe zu ihr und erkläre ihr alles, sofort. Sie ist der beste Mensch, den ich jemals gesehen habe".

„Das halte nicht für eine gute Idee. Nimm dir Zeit und schlaf eine Nacht, bevor Du mit ihr redest". Vielleicht hatte Paul recht. Vielleicht war es keine gute Idee, am frühen Nachmittag mit einer Alkoholfahne durch das Internat zu laufen und sich vor Sara zum Affen zu machen.

„Warte ab, am Wochenende gebe ich eine Party in meinem Haus, dann wird sich alles einrenken", sagte Paul und schenkte mein Glas wieder voll. Ich willigte ein. Das war ein Hoffnungsschimmer. Sofort schmiedete ich Pläne, wie ich mich verhalten würde und was ich ihr alles sagen würde.

„Wenn ich Sara nicht bekomme, dann werde ich nie mehr eine Frau lieben, in meinem ganzen Leben", sagte ich zu Paul. Der schrie mir seine Antwort entgegen: „Weiber sind's Grab, ficken bringt's". Ich schaute verdutzt. Es war mir bitterernst in diesem Moment: „Sara bedeutet mir mehr als das". Paul lächelte: „Komm, wir rauchen einen".

Ich winkte ab: „Nö, lass mal, für mich lieber nicht, halte mich lieber an dieses braune Getränk hier in meinem Zahnputzbecher." Das tat ich. Der Pegel der Flasche nahm ab, während Paul sich einen Joint nach dem anderen reinzog. Die Sonne ging unter und auch der Verstand ließ mehr und mehr nach: „Paul, du hast keine Ahnung. Ich will nicht nur eine Affäre mit Sara, ich will mehr von ihr.

Aber das kannst du mit deinem Spatzenhirn vermutlich gar nicht begreifen. Dir geht es ja nur ums Bumsen. Du fickst vermutlich alles, was zwei Beine hat." Paul wurde ein wenig sauer. „Meinst wohl, du bist der Einzige, der weiß, was Liebe ist, hä. Meinst wohl, du bist was Besseres, weil du aus Deutschland kommst und so".

„Ach, lass mich in Ruhe".
Ich wollte mich nicht streiten. Was ich eigentlich wollte, weiß ich nicht.
Es gab keine Worte, die das Gefühl, das ich bei ihrem Anblick hatte, beschreiben können. Dabei kannte ich sie gar nicht. Einen Vormittag hatte ich sie bewundert und konnte nur noch an ihr Gesicht denken. „Paul, sei mir nicht böse, es tut mir leid,

ich war blöd". Er reagierte nicht, sondern fragte mich: „Was fasziniert Dich so an ihr, hattest Du überhaupt schon eine Frau".

Mit meiner Klassenkameradin Eva hatte ich nach einem Fest rumgeknutscht und ihre Titten geknetet. Geschlafen hatte ich noch mit keiner Frau, das wollte ich Paul gegenüber aber nicht zugeben.

„Na klar, ich hab schon mit drei Mädels gefickt", sagte ich zu ihm.
Paul nahm einen Zug von seinem Joint und blies den Rauch in mein Gesicht.
„Gut." Mehr sagte er nicht.
„Ich habe bei ihr das Gefühl, das alles passt, weißt du. Sie scheint mein exaktes Gegenstück zu sein. Ich kann nichts gegen meine Gefühle machen, sie sind einfach so wie sie sind."

Er sagte nichts. Wir sprachen nichts mehr. Ich dachte an den Samstag und das Fest in Pauls Haus, bei dem ich Saras Herz gewinnen wollte.

Ich hatte keine Ahnung, wie ich mich verhalten sollte. Keinen blassen Schimmer, was ich sagen sollte und auch nicht wie ich mich am nächsten Tag ihr gegenüber geben würde. Die Aktion auf dem Gang war einfach zu peinlich gewesen. Entweder dachte sie, ich bin ein arrogantes Ekel oder ein verklemmtes Arschloch. Meine Nerven lagen blank.

„Gib mir was von deinem Gras", forderte ich Paul auf.

Paul drehte einen Joint, wir rauchten und schwiegen.

Bis Paul nach einer halben Stunde mit ernstem Gesichtsausdruck in die Stille hinein sagte: „Wir gehen beide nach Irland". Ich blickte auf, das konnte er nicht wahrhaftig gemeint haben. „Paul, das meinst Du doch nicht ernst. Ich habe es satt, diese ewige Träumerei und Schwätzerei nach genügend Alkohol, was man alles machen könnte, was man alles verwirklichen könnte. Das ist alles nur heiße Luft, wenn man es nicht wirklich tut".

„Ich meine es ehrlich. Wir kaufen uns ein Haus und kümmern uns um Schafe. Ich habe gehört, dass dort alte, verlassene Häuser stehen, die niemand mehr bewohnt, aber auch niemand niederreißt. Da setzen wir einen Giebel drauf, bessern die Mauern aus und ziehen ein."

Ich lachte: „Wer von uns beiden ist denn jetzt naiv"?

„Wieso, wir könnten es schaffen. Wir packen unser Erspartes zusammen, hauen unsere Eltern an und schon kann es gehen."

Er goss uns Whiskey nach: „Komm, lass es uns versuchen." So schweigsam wir vor wenigen Minuten noch waren, wie sehr ich auch an Sara gedacht hatte – es war alles nichtig. Nur noch Irland stand im Mittelpunkt. Im Bauch ein Kribbeln, den Kopf vernebelt – so schmiedeten wir unsere Pläne. Wir redeten an diesem Abend über nichts anderes mehr. Wir taten es so lange, bis wir beide überzeugt waren, gehen zu wollen. Per Handschlag wurde der Pakt besiegelt. „Wenn du willst, kann ich morgen meine Koffer gepackt haben", sagte Paul. Auf einmal wurde es mir wieder unheimlich. Ich kannte diesen Menschen einfach nicht gut genug. Doch dieses Gefühl hielt nicht lange an. Bald war ich wieder vom Reisefieber gepackt. War es auch noch so utopisch, ich war überzeugt, dass wir es schaffen können. „Das einzige richtige Problem ist das Geld", sagte ich. „Wir nehmen einen Song auf, verdienen Geld und sind sofort auf der Insel", erklärte Paul und das mitnichten mit einem lächelnden Gesicht. Es war Unsinn, doch mir erschien es möglich. Pauls Euphorie steckte mich an. Ich ließ mich treiben, der Rausch mag seinen Teil beigetragen haben. Doch an diesem Abend schliefen wir beide mit der

Gewissheit ein, das Land zu verlassen. Was hatten wir schon zu verlieren. Kein Auto, keinen Job, keine Freunde und keine Frau. Ich schlief ein und träumte, wie es wäre mit Sara in Irland zu leben - es war ein schöner und unschuldiger Traum.

Doch mit dem Morgen sah die Welt wieder anders aus. Ein Kater plagte mich und ich hatte mehr als ein mieses Gefühl im Bauch. Wie sollte ich Sara jemals wieder in die Augen sehen können. Ich versuchte, sie zu meiden. Ich getraute mich während des Unterrichts nicht, sie anzuschauen.

Es war ein Kampf. Der Weg zum Kaffeeautomaten wurde zur Qual. Nur sie nicht sehen. Zudem fühlte sich mein Gehirn an wie eine breiige Masse. Ich konnte keinen klaren Gedanken fassen. Mit Paul sprach ich nicht mehr über Irland. Auch er zeigte keine große Lust, auf das Thema einzugehen. So schleppte ich mich durch den Tag. Den Kopf voller Gedanken, die zwischen großer Liebe und Angst abwechselten. Im Bauch ein unangenehmes Drücken. Dieses Gefühl hielt an, nichts passierte groß. Es war so, als packe ich alle meine Träume, Wünsche und Hoffnungen in eine Schublade meines Gehirns. Die wurde verschlossen und nichts erinnerte mich mehr daran. Ich fühlte mich beschissen.

DER 3. ABSCHNITT

An einem der nächsten Abende saß ich im Zimmer und hörte ein wenig Musik. Paul war wieder in der Stadt, um zu arbeiten. Ich war nicht müde und langweilte mich ein bisschen. Da klopfte es an der Tür.

- „Ja, komm rein, ist offen"
Sara stand in der Tür.
- „Darf ich reinkommen?"
Ich stand auf. „Ja, klar". Mann, mein Herz pochte wie wild. Sie setzte sich auf mein Bett.
-   „Was machste so?"
-   „Ach nichts groß. Schön, dass du gekommen bist"
-   „Weißt du, ich würde Dir gerne etwas zeigen."
-   „So, was denn?"
-   Ich habs hier dabei".
Sie hatte eine Plastiktüte mitgebracht.
- „Was meinst Du, brauchen Frauen sexy Wäsche, um Männer verführen zu können?"
Mir stockte der Atem, mein Kopf schien sich zu drehen.
- Ja, ich weiß nicht".

Sie fasste in die Tüte und sagte „Dreh dich um". Ich wendete mich in Richtung Fenster. Was konnte sie nur vorhaben? Ich hörte, wie sie ihre Hose auszog.

Ich hielt es kaum noch aus und schwankte von einem Bein auf das andere. Als ich mich schließlich umdrehen durfte, glaubte ich, meinen Augen nicht trauen zu dürfen. Da stand Sara, angezogen mit einem Nichts. Sie stand auf und kam auf mich zu.

- „Na, wie findest du es?"
Ich war sprachlos. So etwas Schönes hatte ich nie zuvor gesehen. Ihr Körper hatte eine unbeschreibliche Anziehungskraft auf mich. Sie sah so gut aus, dass es fast schmerzte. Ich ging wie in Trance auf sie zu, fasste ihren Kopf an und küsste sie. Danach ging alles wie von selbst. Bis zu einem gewissen Punkt. Wir streichelten und küssten uns. Unvermittelt stand sie auf.

- - „Ich muss gehen".
- „Bleib doch, es ist doch gerade so schön".
- - „Nein, ich kann nicht".
Sie zog sich schnell an und verließ den Raum.

Total verdattert ließ sie mich zurück. Ich konnte mein Glück gar nicht fassen. Ich trat unwillkürlich einen Schritt zurück und musste mich am Vorhang festhalten, um nicht umzufallen. Wie gern hätte ich sofort Paul von dem Erlebnis erzählt. Ein Kribbeln zog von den Füßen bis zu meinen Schläfen hinauf.

Ich packte mich auf meine Matratze. Ich lag auf dem Bett und um nichts auf der Welt hätte ich woanders sein wollen. Mit einem verklärten Grinsen betrachtete ich den Raum. Die Sonne schickte ihre letzten Strahlen ins Zimmer. Das Licht flackerte auf dem Boden hin und her. Ich atmete bewusst tief ein und aus. Mein Puls ging deutlich schneller als gewöhnlich. Das Leben kam mir leicht vor, ich hatte das Gefühl, dass es nichts gab, was ich nicht schaffen konnte, alles war möglich. Ob Irland oder nicht, hier oder dort – das war egal. Ich wusste, dass das Leben überall und an jedem Ort gut ist solange es Sara gab.

Ich erwachte am frühen Morgen und schaute auf den Wecker, es war viertel vor fünf. Ich musste aus dem Bett. Ich hatte das Gefühl, ich würde etwas Göttliches verpassen, wenn ich nicht aufstünde. Der Morgen graute. Paul wälzte sich auf seinem Bett, er stöhnte im Schlaf. Ich ging ans Fenster und öffnete es. Die Luft war klar und rein, sie roch nach Erinnerung und Frühling. In meinem Herzen hatte ein neues Gefühl Einzug gehalten. Der trübe Trott, das Bier trinken und ziel- und planlose philosophieren hatte keine Macht mehr über mich. Alles war gut. Die Stunden vergingen schnell und Pauls Wecker rasselte.

Mit müden Augen schaute er mich an. „Mann, Du bist ja schon wach, was geht?" Er kämpfte sich mühsam aus den warmen Bettlaken.
- „Du siehst so glücklich aus. Was ist passiert"?
- „Ist es nicht ein wunderschöner Morgen?"
- „Na, ich weiß nicht, so wie immer halt"
- „Die Welt wartet auf uns".
- „Wenn du meinst".

Er ging ins Bad, um sich die Zähne zu putzen. Ich wartete nicht auf ihn, sondern ging sofort in den Lehrbereich. Ich hoffte, Sara noch zu sehen. Auf dem Gang sah ich sie, meine Blume.
- „Hey Sara, du machst aus jedem Tag etwas Besonderes. Hast du gut geschlafen?"
Ihr Blick verhieß nichts Gutes. Ihre Augen waren matt. Sie lächelte nicht.
- „Ja, es geht", sagte sie kurz und drehte sich dann zu einer Mitschülerin um.
- „Hast du die Mathe Hausaufgaben, kann ich sie mir kurz abschreiben?"

Sie missachtete mich, sah durch mich durch. „Was soll das"? dachte ich. Doch ich sagte nichts. Ich kam mir vor wie ein Trottel. Hatte ich womöglich nur geträumt. Ich hatte noch ihren Geruch an meinem Körper und in der Kleidung. Und sie? Sie ließ mich stehen. Was konnte sie nur dazu bewegen?

Die Stunde war grausam. Mathe bei Westermüller, schlimm genug, einer der schlechtesten und autoritärsten Lehrer. Aber was mir Sara antat, war zu viel. Ich hörte Westermüller nicht zu. Ich war den Tränen nahe. Er schreckte mich aus meinen Gedanken.

- „Belz, haben Sie das verstanden?"
- „Ja, natürlich, Herr Westermüller."
- „Ja, Sie haben schon recht, lassen Sie das Rechnen, Sie können es ja ohnehin nicht. Für Sie sind noch die Stromkosten zu schade".
-

Ich sagte nichts, Westermüller ließ es auch gut sein und fuhr fort, uns über die Geheimnisse des Pythagoras zu erzählen. Die Stunde ging dann doch schneller vorbei, als ich dachte. Ich fühlte mich wieder wie betäubt, hilflos und ausgeliefert. Ich wollte nur schnell raus auf den Gang, um mich ein wenig abzulenken.

- „Belz, kommen Sie mal her"
- „Was gibt's?"
- „Ich war früher auch wie Sie, beschäftigen Sie sich mit der Mathematik, Sie werden sehen, sie verschafft Ihnen die absolute Freiheit".
- „Was für ein Unsinn", dachte ich, sagte aber: „Ja".

Dazu nickte ich einsichtig, dieser Arsch konnte mich kreuzweise.

Sara mied mich, wo sie konnte. Sie kam mir nur in einer Gruppe näher, ich erwischte sie nie allein. Das Schlimmste war die Ungewissheit. Hatte sie nur mit mir gespielt, hatte sie mich benutzt, war ich ihr nicht gut genug? Das wird es gewesen sein, dachte ich mir. Sie konnte mich ja auch gar nicht lieben. Einen durchschnittlichen Jungen, das konnte gar nicht sein.

Es war jetzt wieder das alte Lied, der gleiche Trott. Den Vormittag rumkriegen. Mit Paul saufen - nichts weiter. Nur das nun der Schmerz da war. Sie mochte mich nicht. Es fraß mich auf. Wie ungerecht konnte die Welt eigentlich sein?

Der Samstag rückte näher.
- „Paul, ich komme nicht zu deinem Fest".
- „Ach komm, wieso?"
- „Ich kann es nicht ertragen, dass mich Sara dann wieder links liegen lässt".
- „So kann das nicht weitergehen, du musst mit ihr reden"
- „Sie will ja nicht, ständig weicht sie mir aus"
- „Dann ist das Fest doch der ideale Rahmen, dort kann sie dir nicht ausweichen"
- „Und wenn sie gar nicht kommt?"

- „Sie kommt"
- „Ich weiß nicht, mir fehlt die Kraft, das alles durchzustehen"
- „Rede keinen Scheiß, du wirst sie am Samstag küssen".
- „Woher nimmst du nur deinen Optimismus?"
- „Sie mag dich, die Mädels haben mir so einiges erzählt. Lass ihr Zeit und zeige ihr weiter, dass sie dir was bedeutet und dann geht alles von alleine, glaub mir"

Er hat mich schließlich überredet. Wir machten aus, schon am Freitag zu gehen, ordentlich vorzufeiern und uns nicht lumpen zu lassen. Dann war es so weit: Die Schule war aus und vor uns lag ein unendlich langes Wochenende, in dem es einen Samstag gab, während dem ich Sara küssen würde. Ich war wie ausgewechselt und hatte wieder Mut. Meine Fantasie arbeitete auf Hochtouren.

Wir saßen in unserem Zimmer. Ich hatte meine Mutter angerufen und gesagt, dass ich nicht nach Hause fahren würde. Sie war einverstanden. Paul und ich packten ein paar Sachen in Taschen und machten uns auf dem Weg zu seinem Haus. Es lag am Rande der Stadt, ungefähr eine Stunde zu Fuß vom Internat entfernt. Vor dem Eingang zum Internat sah ich Sara.

„Hi Sara, kommst du auch zur Party?" Sie kam rüber gelaufen und lächelte. Es war, als löse sich ein Knoten in meiner Brust, sie hatte mich angelächelt.

- „Ja klar, Pauls Partys sind berühmt, die lasse ich mir auf keinen Fall entgehen."
- „Prima."
- „Ja. Geht ihr heute schon?"
- „Wir wollen noch was vorbereiten und Paul möchte mir sein Haus zeigen".
- „Da wirst du beeindruckt sein. Es liegt im Hang, eingewachsen von jeder Menge Natur"
- „Schön, dass du kommst"
- „Ja? Tut mir leid, dass ich neulich so blöd war".
- „Was meinst du?"
- „Na. Auf dem Gang, da habe ich mich blöd verhalten".
- „Ach, das macht doch rein gar nichts".
-

Ich konnte mir das alles nicht erklären, was war passiert? Ihre Augen strahlten wieder und es war so, als sei die ganze vergangene Woche nie passiert. Aber mir war egal, warum dieser Sinneswandel zustande kam - er war da und das zählte allein.

Paul stand während der kurzen Unterhaltung nur da und lächelte höflich. Jetzt blinzelte er mir zu und grinste breit. Es sah aus, als wolle er sagen „Na also, geht doch." Er sagte aber nichts. Ich packte ihn am Ellbogen und los ging's zu seinem Haus. Wir marschierten und flachsten, ich fühlte mich glücklich, voller Erwartung auf die kommenden Tage.

Zu Pauls Haus ging es 132 Stufen rauf, er hatte sie gezählt. Es lag inmitten von Bäumen und Büschen. Von der Stadt war nichts zu sehen, nur von der Terrasse aus konnte man auf die Dächer sehen. Eigentlich war es mehr eine Gartenlaube, aber sehr gemütlich. An den Wänden wuchsen Reben. Er führte mich rein und legte Neil Young auf. Wir setzen uns auf die Terrasse und tranken ein Bier. „We gonna pack it in and buy a Pick up, take it down to L.A. Find a place to call my own", mein Hochgefühl steigerte sich ins Unermessliche. „She's so fine, she' in my mind. I hear her calling". Einfach klasse, dieser Neil Young, genau das richtige für einen gemütlichen Freitagabend.

So saßen wir da. Wir unterhielten uns nicht. Es war angenehm, einfach sitzen, trinken und schweigen. Paul kratze sich am Hinterkopf: „Bin müde, ich leg mich hin, du kannst gern noch ein wenig chatten". Ich wusste nicht, was sich dahinter verbarg. „Ach komm, du weißt nicht, was das Internet ist. Das ist das weltweite Netz, da sind alle Computer miteinander verbunden. Es ist die

Zukunft. Komm ich zeig's dir", Paul führte mich nach oben. Es war fast nicht vorstellbar für mich, dass ich mit Leuten von überall her Kontakt aufnehmen konnte. Ich chattete mit dem „Liebesengel". Sie schickte mir eine private Mitteilung.

- „Huhuhu, wie geht's"
- „Gut, danke"
- „Ich habe dich hier im Chat noch nie gesehen :)
- „Bin auch das erste Mal hier"
- „Wo bist du her"
- „Gehe auf Internat im Rüttikon in der Schweiz"
- „Mann, wie ist das? Bestimmt cool, so mit so vielen anderen jeden Tag zusammen zu sein"
- „Ja, es geht, ich vermisse meine Eltern, aber mit meinem Zimmernachbarn verstehe ich mich gut. Wir wissen uns zu helfen"
- „Und wie?"
- Saufen und kiffen"
- „lol"
- „Was soll das denn heißen?"
- *grins*
- „Hää? Erzähl mir lieber, wo du wohnst?"
- „An der Grenze zu Deutschland wohne ich bei meinen Eltern und bin 23. Mein Zimmer ist sehr gemütlich"
- „So, wie sieht's denn aus?"

- „Also, hier mein Bett ist riesengroß, darüber hängen Tücher, da lässt es sich gut drin poppen"
- „Soso, das bringt mir aber leider nichts, weil dein Zimmer dann doch ein paar Kilometer von meinem entfernt steht"
- „Musst mal vorbeischauen bei mir"
- „Yo, das wär cool"
- „Und in der Ecke habe ich eine Kuschelecke eingerichtet, die solltest du mal sehen"
- „Da würde ich jetzt gern mit dir sein"
- „Wer weiß, ob das nicht irgendwann noch passiert"
- „Schön wär's."
- Dann könntest du mich von meiner besten Seite kennen lernen"
- „Und ich bin mir sicher, dass ich von deiner Schokoladenseite beeindruckt sein werde"
- „Wir würden den besten Abend des Jahrtausends verbringen"
- „Absolut. Wie heißt du eigentlich richtig, Liebesengel"
- „Ramona"
- „Schöner Name"
- „Und du"
- „Rafael"
- „Ich muss dir einen Witz erzählen"
- „Schieß los"

- „Rafael geht in eine Bar und trinkt ein Bier. Nach einer Weile fragt er die Barkeeperin: Willst du für 150 Euro mit mir schlafen? Sie verneint. Sagt Rafael: Schade, das Geld hätte ich gut gebrauchen können."
- „Ich lach mich schlapp".

Meinen echten Namen wollte ich ihr nicht verraten, auch wenn wir uns blendend unterhalten hatten. Unser „Gespräch" wurde an keinem Punkt uninteressant, oft musste ich lauthals lachen. Es war ein interessanter Abend und ab und an erregte mich unser „Gedankenaustausch". Ich war erstaunt, wie schnell wir uns intime Dinge mitgeteilt haben. Lag wahrscheinlich daran, dass wir uns nicht wirklich sahen. Doch das sollte sich sehr bald ändern. Wir blieben bis 3 Uhr online und dann schrieb mir der „Liebesengel":

- „Sollen wir uns nicht mal sehen am Wochenende, ich könnte mit meinem Auto runter ins Rüttikon fahren"
- „Fänd ich cool.
- „Ich fänds auch schön"
- „Wir haben hier in der Stadt eine Disco, da könnten wir uns treffen"
- „Ja ok, wie heißt sie?"
- „Der Waschsalon"

- „Na prima, dann werde ich dir gehörig den Kopf waschen *grins *"
- „Woran erkenne ich dich denn?"
- „An einer Nelke"
- „So, also ganz klassisch?"
- „Wie klassisch?"
- „Na, du weißt schon, wie in den Filmen, wo der Kavalier mit Rose im Knopfloch auf seine Angebetete wartet."
- „Nee, nee. Ich meine mein Tattoo"
- „Ach so! Wo ist es denn, sehe ich es auf den ersten Blick?"
- „An meinem Busen"
- „Na dann werde ich die Nelke sicher nicht übersehen"
- „Gut, ich muss jetzt ins Bett, übrigens sind meine Haare rot".
- „Ok, bin auch müde, ich freue mich auf nächste Woche"
- „froi :)"
- „Bis dann"
    - „Ja, ich freu' mich auch, ciao"

Paul schnarchte. Ich saß da vor dem ausgeschalteten Computer. Was war das nur für eine Welt. Noch vor wenigen Stunden hätte ich mir nicht träumen lassen, dass mir eine andere Frau als Sara gefallen könnte, und jetzt hatte ich eine Erektion wegen einer Unbekannten aus dem

Computer, die ich nicht einmal in meinem Leben gesehen hatte.

Am nächsten Morgen weckte mich Paul mit einer Tasse Kaffee in der Hand. Ich richtete mich auf, nahm den Kaffee und zündete mir eine Zigarette an. Paul war schon ein netter Mensch. „Bis um 3 habe ich gestern noch gechattet. Mann, war das eine heiße Braut, nächste Woche treffe ich mich mir ihr". Paul setzte sein breites Lächeln auf: „Komm, auf, raus aus dem Bett. Heute ist dein großer Tag. Sara kommt gegen 18 Uhr, bis dahin haben wir noch einiges vorzubereiten".

So viel musste dann doch nicht mehr gemacht werden. Paul hatte bereits Bier, Wein und Whiskey gekauft, Schnittchen und Salate waren vorbereitet. Wir verbrachten den Tag, indem wir auf der Terrasse saßen und den Vögeln zuhörten. Ich war angespannt. Ich musste Sara irgendwie rumkriegen.

„Mensch Paul, wenn ich sie sehe, bekomme ich einen trockenen Mund und kann keinen klaren Gedanken fassen. Was soll ich nur tun? Ich weiß einfach gar nicht mehr, wie ich mich ihr gegenüber verhalten soll. Erst führt sie mir ihre Dessous vor und dann ignoriert sie mich einfach die ganze Zeit und jetzt tut sie wieder so, als sei rein gar nichts passiert, Erst bin ich zu schüchtern, dann verführt sie mich, dann redet sie nicht mit mir, dann bin ich wieder zu schüchtern." Er lehnte sich zurück: „Lass es ruhig angehen, sei einfach du selbst. Du trinkst was mit ihr und dann fragst du sie, ob sie nicht Lust zum Tanzen hat. Ist doch ganz einfach". Ja, einfach. Für Paul vielleicht. Und unter anderen Umständen sicher auch für mich. Aber ich wusste einfach nicht mehr, wo ich bei ihr dran war. „Es ist alles so furchtbar kompliziert.

Es ist so, dass ich das Gefühl habe, dass wenn ich sie küsse, nichts mehr so ist wie vorher. Und genau so ist es ja auch. Und wenn sie mir dann wieder die kalte Schulter zeigt"? Jetzt mach mal nicht die Pferde scheu, warte einfach ab, was passiert und wie sich der Abend entwickelt. Niemand weiß, was die Zukunft bringt".

Ich trank meinen Kaffee und sah hinunter auf die Stadt. Nebel lag über den Häusern. „Mensch, Paul, du hast es gut".

Er sagte lange nichts. Die Vögel pfiffen. Ab und an raschelte es im Gebüsch.

Dann schaute er mich fest an: „Neulich, das mit Irland, war das von dir nur eine Spinnerei?"

„Nein. Ist so eine Idee, die mir im Kopf sitzt. Weiß nicht, ob ich's mal mache"

Paul sagte es ohne Aufregung: „Wir sollltens tun. Mensch, wir sind nur einmal jung. Bald sind wir tot, wenn es sich auch noch so blöd anhört, wir sind bald Vergangenheit"

Ich wusste gar nichts mehr. Es kam keiner, der mir die Entscheidung abnehmen könnte. Das war das, was ich immer brauchte, jemand, der die Entscheidung trägt. Vielleicht war es in diesem Fall ja Paul, der mich dazu brachte, die Zelte abzubrechen und nach Irland zu gehen.

- „Paul, ich weiß nicht".
- „Vergiss deine Zweifel, zeige Mut und tu es".
- „Es wär schon cool"
- „Dann vergiss deine Angst".

Eigentlich hatte er recht. Es war mein großer Traum, und was hatte ich zu verlieren? Also, warum sprang ich nicht auf und ging. Ich wusste, auf Paul ist Verlass, er würde nicht in letzter Minute abspringen. Aber,...das war es, ein großes Aber stand vor meinem Willen, einfach nach Irland zu gehen. Es war die Angst, etwas Schlechtes zu tun. Es war einfacher, den Alltagstrott weiter zu leben, zu warten, bis das Leben einen vor vollendete Tatsachen stellt. Die Entscheidungen immer jemand anderem überlassen, das war meine Devise. Sollte ich selbst die Entscheidung treffen, einfach zu gehen, dann wäre da keiner, der die Konsequenzen für mich trägt. Und ich wüsste nicht, was für Folgen solch ein Entschluss nach sich ziehen würde. Es war schlicht die Angst vor dem Ungewissen. „Es kommt, wie es kommen muss", hat meine Mutter immer gesagt. Das bedeutet aber auch, dass man nicht selbst Einfluss darauf nimmt, wie es kommen soll, sondern sich im Fluss des Lebens treiben lässt und sich dann an den Stöcken festhält, die das Wasser anspült, anstatt sich selbst ein Floß zu bauen und auf diesem davon zu segeln.

Der Nachmittag ging mir viel zu schnell vorbei. Kaum, dass ich mich versah, war es halb sechs. Die ersten Gäste kamen. Ich plauderte mit Sascha und Alexandra aus meiner Klasse. Wir standen locker, mit einer Bierflasche in der Hand, in Pauls Wohnzimmer und machten uns über die Macken unserer Lehrer lustig. Das war ein Gespräch, bei dem man nichts falsch machen kann, das war ok für mich. Es war geradezu vorgegeben, wie die Unterhaltung verläuft. Ich sag das und weiß, wie die Antwort aussieht, mit kleinen Abweichungen. Dieses Korsett tat mir wohl.

Aus den Augenwinkeln sah ich Sara eintreten. Mir krampfte der Magen. Paul umarmte sie. Ich kochte innerlich, doch tat ich so, als hätte ich Sara noch gar nicht bemerkt und versuchte so zu tun, als lausche ich intensiv Alexandras Gespräch. Nachdem sie mich nun fast eine Woche ignoriert hatte, tat ich das gleiche. Warum? Keine Ahnung.

Doch Sara unternahm den ersten Schritt, sie tippte mich von hinten auf die Schulter.

„Hey, wie geht's?"

Ich lachte: „Hi, Sara. Gut, danke. Bereit für die Party?"

„Ja", sagte sie und schaute mir in die Augen.

Mir war es, als ob mein Hirn seinen Aggregatzustand ändert. Von fester Masse hin zu einem breiigen Etwas. Ich kam mir in ihrer Anwesenheit klein und unwissend vor. Sie drehte ihren Kopf und unterhielt sich mit Alexandra und ich stand dabei. Ich hielt es nicht mehr aus. Was sollte ich tun? Ich musste weg. Das tat ich auch. Ich wusste nicht, was ich hätte zu ihr sagen können. Der einzige Gedanke in meinem Kopf war: „Was könntest du sagen? Was nur könntest du sagen, ohne dass es blöd kommt?"

Ich stand an der Spüle und trank mein Bier. Sara kam zu mir.

„Läufst du vor mir weg?" Sie lachte dabei, aber nur ein wenig. Ich hatte aber dennoch das Gefühl, dass sie mich auslacht. Ich lachte nicht. Warum die ganze Show?

- „Lass doch die Vergangenheit einfach hinter dir".

- „Wenn das so einfach wäre"

Sie fasste meine Hände an und presste ihre Stirn an meine. Das tat gut. Ihre Hitze kroch an meinen Beinen hoch. Und irgendwas löste mich in diesem Augenblick aus dem Bann. Ich schaute sie an und konnte mich nicht mehr halten. Ich prustete drauf los. Sie nahm meine Hand. Meine Knie wurden weich, aber ich fühlte mich wohl. Sie fragte mich, ob ich Lust zum Tanzen hätte. Die hatte ich. Ich wollte sie auf Abstand halten. Sie wollte das nicht.

Wir tanzten eng umschlungen. Ich rieb meinen Unterkörper an ihrem. Mein Schwanz war steif und ich dachte nicht daran, es zu verbergen. Es wäre auch gar nicht gegangen. Die ganze Anspannung der vergangenen Tage war wie weggeblasen. Ich war ganz locker. Sie schmiegte ihren Kopf an meine Schultern. Es hätte schöner nicht sein können. Als das Lied aus war nahm sie mich und führte mich nach oben, wo Pauls Schlafzimmer war. Wir setzten uns auf die Treppenstufen. Dann erst küssten wir uns. Da war es wieder, mein Glücksgefühl. Aber es war längst nicht mehr so stark, wie beim letzten Mal. Es mischten sich Angst und Misstrauen hinein. Nicht viel, aber gerade genug, um das Glück nicht vollkommen sein zu lassen.

DER 4. ABSCHNITT

Ja, so war das. Immer auf der Suche nach Glück, aber nicht bereit, es zu nehmen, wenn es vor der Tür stand. Jetzt hatte ich also Sara zur Freundin. Doch der ganze Scheiß fing erst an. Wie sollte es nun weitergehen? Es war, als hätte ich die Möglichkeit zwischen tausenden Zukunftssträngen. Alles war neu, nichts vorhersagbar. Ich hab erst mal Kaffee gemacht.

- „Hier, nimm und trink, das wird dir guttun"
  Paul schaute mich mit verschlafenen Augen an und grinste.
- „Also ich weiß nicht, die Liebe scheint dir nicht so gut zu bekommen".
- „Hää? Was soll das denn heißen"
- „Na, du kommst ja nicht mal mehr zum Schlafen"
- „Ach scheiße, ich will halt nicht allein sein. Komm, steh auf und lass uns ein wenig plaudern"
  Er richtete sich mühsam auf.
- „Mir soll's recht sein". Er rieb sich die Augen.
- „Wie war's. Hast du sie noch gepoppt"?
- „Mann, was soll denn jetzt die Frage"
- „Hast du, oder nicht?"
  Ich antwortete ihm gereizt.

- „Nein, hab ich nicht"
- „Ist ja auch nicht so wild"
- „Wir sind jetzt zusammen, das zählt".

Wenn ich es Paul auch nie gesagt hätte, ich stellte mir die gleiche Frage. Musste ich mit ihr sofort ins Bett, damit sie mich akzeptiert? Musste ich so tun, als hätte ich schon zig Freundinnen gehabt? Vielleicht wollte sie so einen unerfahrenen Menschen wie mich gar nicht haben. Die Liebe kannte ich bisher nur aus Filmen und Büchern. Doch jetzt war sie real geworden. Eines wollte ich auf jeden Fall vermeiden: Ich wollte mir vor Sara niemals eine Blöße geben.

Ich hockte mich neben Pauls Bett und sagte: „Das wird sich schon alles ergeben. Am Montag sehe ich sie wieder." Und ich hatte wahrlich ein gutes Gefühl, wenn ich an die kommende Zeit dachte. Sara mochte mich. Das stand fest. Mehr war nicht wichtig. Paul stand auf. Wir setzten uns an den Küchentisch und rauchten gemeinsam eine Zigarette.

Jetzt waren wir also zusammen. Doch die Probleme fingen erst an. Die Schulzeit neigte sich dem Ende entgegen. Wir waren alle aufgeregt, schmiedeten Pläne für unsere Zukunft und waren voller Hoffnung. Paul sah ich kaum noch. Mit Sara verbrachte ich den Großteil meiner Tage. Es hatte sich schnell gezeigt, dass wir beide es ernst meinen. Es hat keiner großen Gespräche bedurft. Ich wusste, sie war für mich gemacht. Ich genoss jede Sekunde mit ihr. Die Wochen bis zum Abitur vergingen wie im Flug. War sie an meiner Seite, fühlte ich mich stark und unangreifbar. Mein Herz raste nicht mehr jedes Mal, wenn ich sie sah. Ich hatte Zuversicht. Die Zeit verging so schnell, wenn sie da war. Bis über beide Ohren war ich verliebt, bereit alles zu riskieren. Und dann war da noch was. Mein erstes Mal mit Sara. Wir hatten es uns nicht vorgenommen, jedenfalls nicht bewusst.

Zwar hatte ich schon ein paar Versuche gestartet, doch Sara wollte nie so richtig. Jetzt hatte sie mich zu sich eingeladen. Es war Wochenende. Sie hatte gekocht. Ein ekelhaftes Fertiggericht. Wir saßen am Tisch, für sie schien es etwas Besonderes zu sein. Ich war missmutig, sagte aber nichts. Der Rest des Abends sollte sich erfreulicher für mich entwickeln. Als wir den Tisch abgeräumt hatten, legte ich meine Hand um ihre Hüfte und führte sie zum Bett, nahm ihren Kopf zwischen meine Hände und küsste sie. Unsere Küsse wurden intensiver. Wir legten uns aufs Bett. Sie drängte sich an mich. Wir wälzten uns auf dem Bett. Ich öffnete ihre Bluse. Sie seufzte. In meinem Kopf schrie es: „Endlich. Endlich ist es soweit. Ich werde ficken".

Wir taten es. Am Anfang war es schwierig, in sie einzudringen. Ich sprach kein Wort. Ich wollte, dass sie denkt, ich hätte es schon tausendmal gemacht. Dabei war ich aufgeregter als jemals zuvor. Als es endlich soweit war, war es als falle ein Aberglaube von mir ab. Es war so natürlich. Sex schien mir in meine Gene einprogrammiert zu sein. Ich tat es zum ersten Mal, es fühlte sich aber so vertraut an, als hätte ich nie was anderes getan. Nur ich Trottel wollte nicht zugeben, dass es etwas Besonderes für mich war. Ich stieß auf ihr liegend so lange zu, bis ich meinen Orgasmus hatte. Sara stöhnte leise und verzog ihr Gesicht. Ich konnte nicht genau erkennen, ob es Schmerz oder Lust war, was sie empfand. Nur keine Blöße geben. Ich fragte nichts, sagte nichts. Ich war froh, endlich Sex gehabt zu haben. Meine Liebe zu ihr war ohne Frage echt und groß, doch dieser Sex machte einen anderen Mann aus mir. Hart und kalt, vielleicht auch ängstlich und verletzbar. Wir lagen noch eine Weile beieinander. Die Spannung war weg. Ich sprach weiterhin nichts. Ich konnte meine Gefühle nicht einordnen, auf gewisse Weise fühlte ich mich schuldig. Sie sagte mir, dass sie so ein schönes warmes Gefühl verspüre, wie sie es nie zuvor empfunden hatte. Ich fühlte mich geschmeichelt und küsste ihren Hals. Sie streichelte meinen Kopf.

-   Sag, liebst du mich? Fragte sie mich.

- Ich hab dich sehr gern. Ich weiß nicht, ob das Liebe ist.
- Ich hab dich auch sehr, sehr gern.

Was tat ich? Warum sagte ich ihr nicht, dass ich sie liebe? Es war doch Fakt, dass sie mein Glück ist. Doch ich bekam die drei Worte nicht über die Lippen. Was mich genau daran gehindert hatte? Feigheit war es, die in mir saß. Wir rauchten gemeinsam eine Zigarette. Ich kam mir unheimlich erwachsen vor. Sara hatte es sich in meiner Achselhöhle bequem gemacht.

- Belz, was ist denn los mit dir, ist was. Hat es dir nicht gefallen?
- Doch, es war gut, ist nichts.
- Du scheinst so erstarrt zu sein.
- Weiß nich.

Sie schaute ausdruckslos an die Decke. Das hatte sie nicht verdient, ich musste was sagen. Nur, ich wusste in keiner Weise, was um Himmels Willen ich sagen sollte. Konnte sie es nicht einfach gut sein lassen. Mussten wir jetzt über Gefühle sprechen? Das überforderte mich, konnte ihr aber nicht sagen, warum, wusste es ja selber nicht wirklich. In mir drin schien irgendwas nicht zu stimmen. Ich war doch sonst nicht so! Und ich war doch froh, sie haben.

- Ich bin froh, dass du mit mir zusammen bist.
- Ich doch auch
- Bitte versteh mich nicht falsch, ich weiß einfach nicht, wie ich mich verhalten, es ist alles neu für mich, ich will dir nicht weh tun, bitte sei ein bisschen nachsichtig mit mir.
- Sag doch, dass du es auch noch nie getan hast, für mich ist es doch auch das erste Mal gewesen, sagte sie und streichelte dabei meine Hand.
- Ich mein, mit dir ist es anders als mit anderen. Ich fühle sehr viel für dich.

Und da ging es gerade weiter. Ich konnte ihr nicht wirklich die Wahrheit sagen. Ich brauchte ein wenig Schlaf, um wieder klar denken zu können. Ich bewegte mich nicht mehr und als sie mich was fragte, gab ich keine Antwort, sie sollte denken, dass ich schon eingeschlafen bin. Als ich sie tief atmen hörte, setzte ich mich an den Schreibtisch und notierte: „Der Morgen graut. Die Nacht kämpft noch um die Vorherrschaft, doch das gleißende Licht verkündet schon den Sieg des Tages. Sara atmet ruhig. Ich bin zum Mann geworden. Einfach so."

Am Tag nach unserem ersten Mal fand ich einen kleinen Brief von Sara.

Lieber Hans,

gestern Abend war es sehr schön, bei dir zu sein. Wenn du mich anlächelst, dann fühle ich mich so wohl, so geliebt. Ich habe den Abend wirklich sehr genossen. Glaube mir, wenn ich dir sage, wie sehr du mein Leben bereichert hast. Wenn du mich in deinen Armen hältst, dann fühle ich mich so frei und geborgen. Ich freue mich auf heute Nachmittag.

In Liebe, Sara

Ich lief wie auf Wolken, beschwingt und froh. Das Glück war perfekt. Dass es einmal enden könnte, war für mich so utopisch wie der Weltfrieden. Ebenso war mir mein Verhalten nicht suspekt. Ich hatte es sogar einfach vergessen. Abgespalten von meiner Persönlichkeit. Mein Leben hatte eine wunderbare Wendung genommen. Das war unbestreitbar. Wenn wir zusammen waren, löste sich der Rest der Welt in Luft auf. Ich liebte es, wenn sie mich in den Pausen kurz berührte, mir zuzwinkerte und mir so einen Vorgeschmack auf den Abend gab. Sie hatte mein Hirn okkupiert. Wenn sie nicht da war, dachte ich an sie, wenn ich schlief, träumte ich nur von ihr. Wie sie sich still und leise unter meine Decke legte, wie sie sich wild auf mich stürzte, um mich zu verführen, wie sie mich unter der Dusche plötzlich überraschte, wie sie mir während des Fernsehschauens sanft die Hand hielt – unvergessliche Momente. Wir überlegten uns schon, wie wohl unsere Kinder aussehen würden, wir bauten fest auf eine gemeinsame Zukunft. Es gab keinen Zweifel, dass wir unser Leben gemeinsam verbringen wollten. Wir waren eins. Nirgendwo tauchte einer von uns alleine auf, uns gabs zu dieser Zeit nur im Doppelpack. Doch die ewige Zweisamkeit führte uns nach einigen Monaten in eine Sackgasse. Wir sahen uns ständig, wir hatten ständig Sex. Doch das reichte schließlich nicht mehr. Es lief nicht so gut, wie ich gehofft hatte. Sex in allen möglichen Stellungen - aber nichts mehr sonst. Ich fühlte, dass Sara darunter leidet. Denn wenn wir uns trafen, sah ich oft an ihrem Gesicht, dass ihr etwas auf der Seele brannte. Sie wollte sich unterhalten, so kam es mir vor. Doch ich packte ihren Hintern und drängte sie zum Ficken. So ging das über Wochen. Es war, als hätte der Sex jedes Wort zwischen uns geraubt. Zudem war Paul eingeschnappt, dass ich kaum noch Zeit für ihn hatte. So wie mir die Liebe zu Sara die Magie in der Freundschaft zu Paul stahl, so raubte mir anscheinend der Sex die Liebe zu Sara. Ich hatte einfach keine Ahnung mehr, was ich mit ihr reden sollte. Dabei war meine größte Angst, dass sie sich an dieser Tatsache stört und mich nicht mehr sehen will. Von mir aus hätten wir uns so lange anschweigen können bis die zweite Sintflut über die Erde hereinbricht. Dass ich mit der Situation nicht mehr so glücklich war, konnte auch den anderen nicht verborgen bleiben.

Keiner sagte mir was Brauchbares. Paul war schon lange nicht mehr für mich da. Eines Abends eskalierte die Situation. Ich war schon tagelang nur am jammern. Ich war nicht mehr zufrieden mit meiner Beziehung zu Sara. Ich brauchte einen Rat, den mir aber keiner geben konnte. Ich dachte, Paul könne mir helfen.

- Ich bräuchte deinen Rat. Ich habe Angst, Sara zu verlieren.
- Und was soll ich dir da helfen?
- Nun, du bist doch mein Freund. Sag mir doch, was ich tun kann, dass Sara bei mir bleibt.
Paul hatte die Schnauze voll.
- „Ich kann es bald nicht mehr hören. Sara hier, Sara da, du hast nichts mehr im Kopf außer Sara. Und so selten wie ich dich sehe in letzter Zeit, frage ich mich sowieso, ob du noch mein Freund bist.
Ich war verdutzt und getroffen.
- „Was soll denn das jetzt bitte schön?"
Paul wurde ärgerlich. Er hob an, mir verbal eine in die Fresse zu hauen.

- „Du hast nur noch Augen und Zeit für sie. Was ist denn mit unserem Traum nach Irland zu gehen? Denkst du überhaupt noch dran, oder ist das Thema jetzt für dich gestorben?"
- „Das eine hat doch mit dem anderen gar nichts zu tun".
- „Oh doch, das sehe ich anders. Du scheinst dich ja fest mit ihr einzurichten. Sag es mir ehrlich, willst du noch nach Irland?
- „Das kann ich jetzt nicht so genau sagen"
- „Das solltest du aber"
- „Momentan jedenfalls würde ich nicht gehen wollen. Ich kann doch mein Leben nicht abhängig machen von irgendwelchen Ideen, auch wenn sie noch so gut sind in dem Moment, wenn man sie hat."
- „So einer bist du also, wegen einem dahergelaufenen Weib gibst du einen Dreck auf Abmachungen mit einem Freund"
- „Was heißt hier dahergelaufenes Weib. Mach mal nen Punkt, du bist doch nur neidisch."
- „Ich soll neidisch sein, ich kann zehn Weiber ficken und doch würde ich wegen keiner einzigen mein Wort brechen."
- „Seit ich dich kenne, hast du jedenfalls keine Frau gehabt".
- „Du dummes Arschloch, das kriegst doch du nicht mit, was ich den ganzen Tag mache. Mit

dir würde ich sowieso nicht auswandern, gut, dass du dein wahres Gesicht gezeigt hast."

- „Lass mich doch mit dem Scheiß in Ruhe. Mir gefällt mein Leben nämlich, ich muss nicht abhauen."
- „Ja, man sieht, wie gut es dir gefällt. Schau dich doch mal an. Ich hätts wissen müssen. Auf dich ist kein Verlass".

Paul drehte sich um, ging hinaus und schlug die Tür zu. Wir waren laut geworden, unsere Gesichter rot. Wir hatten uns angeschrien. Jetzt stand ich da, wieder allein im Zimmer. Ich wurde nervös und kaute an meinen Fingerkuppen. Ich wollte keinen Fehler eingestehen. Doch je länger Paul nicht wiederkam, desto mehr bekam ich Schuldgefühle. Es war, als lege sich ein Schleier über meinen Kopf. Ich konnte nicht mehr nachvollziehen, was ich in der Hitze des Augenblicks zu Paul gesagt hatte. Scham überfiel mich nachdem die Wut abgeklungen war. War ich es, der im Unrecht war? Ich überlegte mir, was ich zu Paul sagen würde, wenn er wiederkäme.

Doch er kam nicht. Um Mitternacht war er immer noch nicht wieder zurück. Ich ging ins Bett – mit dem festen Vorsatz, morgen alles wieder ins Lot zu bringen.

Paul saß, während ich mir im Bett Vorwürfe machte, in einer Kneipe. Er betrank sich und verfluchte mich. Nie wieder wollte er wieder mit mir reden, sich in ein anderes Zimmer verlegen lassen und mich ächten bis die Schule vorbei ist. Er führte Gespräche über verlogene Freunde und hinterträchtige Weiber und trank, was das Zeug hielt. Das alles erzählte er mir später. Gegen vier Uhr brachte ihn schließlich die Wirtin hinauf zum Internat. Er hatte Glück, niemand bemerkte etwas. Auch ich sah und hörte an diesem Abend nichts mehr von ihm. Am nächsten Morgen stand ich extra früh auf, um noch mit Paul reden zu können. Er ignorierte mich. Er stand auf, ging ins Bad und sofort zum Unterricht.

So ging das über einige Tage. Wir hatten uns ernsthaft verstritten. Es war Horror, wir lagen immerhin in einem Zimmer. Meistens blieb ich über Nacht bei Sara. Sie drängt mich, dass ich mich wieder mit Paul versöhne. Wir sollten uns nicht aufführen wie zwei kleine Kinder, meinte sie. Doch ich war in meinem Stolz getroffen. Ich wollte nicht auf ihn zugehen. Ein Gutes hatte der Streit mit Paul. Mit Sara verstand ich mich wieder besser. Unsere Gespräche hatten fast wieder ihre alte Güte erlangt. Es gab eigentlich nichts Besseres, als sich mit ihr zu unterhalten. Der Faden riss nie ab, es gab immer etwas zu bereden. Doch es hing noch was in der Luft. Perfekt war die Situation noch lange nicht. Manchmal schaute sie mich nur an und sagte nichts. Das machte mir Angst. Es war etwas verloren gegangen in unserer Beziehung. Und auch die Angelegenheit mit Paul beschäftigte mich mehr als ich zugeben wollte. Kaum konnte ich mich noch auf den zu lernenden Stoff konzentrieren. Ständig schweiften meine Gedanken ab. Hatte ich ein paar Zeilen gelesen, fühlte sich mein Hirn bereits überfüllt an. Immer wieder musste ich an Paul denken. Sara nahm Rücksicht auf mich, von Mitleid ihrerseits war aber nichts zu merken. Es liege ja nur an mir, das Problem aus der Welt zu räumen, meinte sie. Aber so einfach war das nicht. Wir waren beide Sturköpfe. Demonstrativ mieden wir es, uns anzublicken. Kam der eine ins Zimmer, verließ der andere wortlos den Raum. Ich war froh, als mich Paul eines Morgens auf dem Weg zur Pause abfing. Er hatte wohl ein Einsehen.

- „Na Goldmündchen!"
- „Na, was gibt's?"
- „Wie läuft es mit Sara?"

Paul konnte ein Grinsen nicht verkneifen. Ich sagte „gut" und wollte schon weiter, doch er hielt mich fest. „Man wird doch wohl mal fragen dürfen". Ich merkte, wie sich die Wut in mir steigerte. Sie kochte in mir hoch: „Was willst du eigentlich?". Paul schnippte seine Zigarette weg. „Jetzt mach mal langsam. Biste mir noch böse? Komm, erzähl mir, was mit Sara und dir los ist." Ich war viel zu sauer: „Wüsste nicht, was das dich angeht". Ich ging. Paul rief mir nach „Soll ich dir eine Postkarte aus Irland schicken oder tut's dir auch ne Flaschenpost. Ich drehte mich um und lächelte: „Wir sollten uns nicht wegen eines dahergelaufenen Weibs so in die Haare kriegen, oder?" Paul schlug mir auf die Schulter. Das Problem war aus der Welt geräumt.

- „Jetzt sag, wie läufts? Brauchst eigentlich gar nichts sagen. Sieht ja ein Blinder, dass es nichts mehr ist mit eitel Sonnenschein".
- „Na ja, könnte besser sein. Es schien so, als hätten wir unsere Sprache verloren, wir redeten kaum noch miteinander. Aber das hat sich jetzt auch wieder eingerenkt. Wir verstehen uns wieder, besser als zu vor".
- „Und wie kam es zu eurem communication breakdown?"
- „Keine Ahnung, denke, wir waren uns einfach zu nah"
- „Komm, lass uns die nächste Stunde schwänzen und ein wenig plaudern", sagte Paul zu mir. Also gingen wir hinunter in die

Stadt und setzten uns ins Café. Ich schilderte Paul mein Leid. „Weißt du, es ist, na, ich weiß nicht, aber am Anfang war alles so leicht. Aber jetzt ist alles furchtbar kompliziert. Ich sehe Sara fast nur noch als Lustobjekt. Wobei das nicht das Schlechteste ist." Ich lachte dreckig. Paul schaute mich mitleidig an. „Werde dir bewusst, was du da hast. Erinner dich doch mal, wie du dich gefühlt hast, als du sie das erste Mal gesehen hast", meinte er. Wir bestellten Bier. „Sag mal, als du sagtest, Sara halte mich davon ab, mein Leben zu leben und nach Irland zu gehen, hast du das so gemeint". Paul lachte. „Na, ich war halt sauer. Aber ehrlich, ich glaube, du solltest Sara festhalten, was Besseres kann dir gar nicht passieren". Ich schaute in mein Glas. „Und nach Irland kommen wir noch früh genug", sagte Paul und fasste mir an den Ellbogen: „Prost".

Das waren Worte, die ich brauchte. Noch war Sara nicht verloren und Paul war wieder mein Freund. Ich nahm mir vor, mich mit Sara ausgiebig zu unterhalten, damit wir uns wieder besser verstehen. Als ich am Nachmittag zu ihr ging, war sie erleichtert.

-   „Schön, dass ihr euch wieder versteht, man riecht es. Du hast getrunken"

- „Ja, da ist noch mehr, über das ich gerne mit dir reden würde".

Sie strich mir mit der Hand übers Gesicht: „Was bedrückt dich"?

- „Ach Sara, ich hab scheiß gebaut. Ich lieb dich"
- „Was ist los"

Ich wollte nicht rumdrucksen, wusste aber nicht, wie ich anfangen sollte. Ich nahm sie in den Arm. Ich wurde erregt. Das wollte ich nicht. Ich wollte mit ihr reden, also schob ich sie weg von mir. „Sara, ich habe das Gefühl, ich mein, ich hab Angst, dass ich immer nur Sex will, ich will mehr von dir, ich.." Ich kam nicht weiter. Sie legte mir einen Finger auf die Lippen: „Lass uns doch Spaß haben, was ist denn schlecht daran, wenn wir viel Sex haben. Macht es dir keinen Spaß?" Jetzt war ich perplex. „Natürlich macht es mir Spaß, aber ich dachte, du magst mich nicht mehr, wenn, na ja, wir reden gar nichts mehr". Sie lachte: „Und das nennst du scheiß gebaut. Du bist echt ein Schatz". Sie küsste mich. Konnte das so einfach sein? „Lass uns spazieren gehen, wenn du nicht ins Bett willst", hauchte sie mir ins Ohr. Ich wollte nichts anderes als ins Bett und das sagte ich ihr auch. Und ich sagte noch mehr.

- Du bist die erste Frau, die ich geliebt habe, ich mein im Bett

- Ach, du Süßer, warum hast du das denn verschwiegen, ich wusste es ohnehin.
- Ich wollte mir vor dir keine Blöße geben. Ich dachte, ich muss stark sein für dich.
- Solch einen Unsinn hast du gedacht?
- Weißt du, diese starken Gefühle, die ich für dich habe, die überwältigen mich einfach. Ich kann mit allem so schwer umgehen. Ich weiß doch gar nichts über die Liebe. Ich weiß nur: Ich liebe dich, mehr als alles. Du bist wie .., das beste was mir je passiert ist.
- Ich liebe dich auch.

Sie schaute mir tief in die Augen und wir umarmten uns. Von diesem Tag an waren wir wirklich ein Paar. Zumindest waren wir einen Schritt weiter. Unsere Liebe war gewachsen, erwachsen geworden. Meine Gedanken waren geordnet. Ich hatte Spaß mit Sara, ich fühlte mich zufrieden. Sie machte mich froh. Es war wieder wie als wir uns kennen lernten. Noch besser eigentlich. Ich dachte, ich hätte meine Heimat gefunden. Ich setzte alles auf Sara. Ich hatte nicht den blassesten Schimmer, was ich ohne sie tun sollte. Dennoch war der Traum von Irland weiter in meinem Herzen. Wer weiß, dachte ich mir, vielleicht geht Sara ja mit. Das wäre gewesen, wie einen vollen Jackpot abzuräumen. Aber wie ich lernen sollte ist das Leben nicht immer geradlinig. Manchmal ist es einfach gemein und beschissen.

In der Zwischenzeit war das Internat längst mein Zuhause geworden. Meine Leistungen konnten sich sehen lassen und mit Paul hatte ich einen Freund, auf den ich mich jederzeit verlassen konnte. Meine Eltern sah ich selten, und war nicht traurig deswegen. Hier hatte ich die absolute Freiheit, von einigen Schulstunden abgesehen. Meine größten Probleme in diesen Tagen waren Lehrer wie Westermüller oder Kudny, die meinten sie hätten das alleinige Wissen, wie ein Leben zu führen ist, die ständig versuchten, einen umzubiegen, neben Fachwissen ständig ihre Binsenweisheiten zu verkünden. Echte Sorgen hatte ich keine. Wir kifften, was das Zeug hielt.

Was zumindest den einen guten Nebeneffekt hatte, dass sowohl Paul als auch ich bei der Musterung als untauglich eingestuft wurden. „Ich kiffe wie ein Besessener", hatte ich den Ärztinnen erzählt. Wieder ein Grund für Paul und mich, zu feiern. Wir taten eigentlich nichts anderes. Doch diese Zeit neigte sich dem Ende entgegen. Ich wollte es nicht wahrhaben, schob es von mir. Aber das Abitur war nicht mehr weit. Wir zählten schon die Tage. Was danach kommen sollte, wusste ich nicht. Mit Paul nach Irland? Mit Sara zusammenziehen? Jetzt musste ich entscheiden, ich kam nicht mehr drumherum. Die Schule würde bald vorbei sein. Zudem war ich drauf und dran mir Probleme zu machen. Als wir eines Abends wieder bei Paul im Haus saßen, fiel mir Ramona aus dem Internet wieder ein. „Mit der könnte man sich doch mal treffen", schoss mir durch den Kopf. Nicht, dass ich dachte, Sara zu betrügen, ich hatte nur auf einmal den Drang, dieser Ramona zu begegnen. Es war einfach eine unabgeschlossene Geschichte.

Paul sah, dass ich was auf dem Herzen hatte. „Was ist, ist wieder was mit Sara nicht in Ordnung", fragte er mich. „Nein, alles super. Aber Paul, ich sollte mal wieder in den Chat, wenn das geht. Wollte mich doch mit Ramona mal treffen". Er schaute mich ungläubig an. Ob ich jetzt wieder von Sara die Nase voll hätte, wollte er wissen. Dem war beileibe nicht so. „Ich verstehe mit blendend mit Sara, besser als je zuvor". Ich machte ihm klar, dass ich dennoch Lust hatte, mich mit Ramona zu unterhalten und mich auch eventuell mit ihr zu treffen. „Ich kann mich ja nicht im Schrank verkriechen. Sara werde ich schon nicht untreu". Obwohl mir mein Verhalten eigentlich selbst auch suspekt vorkam, bearbeitete ich Paul weiter. Ich hatte doch Sara, musste mich also nicht mit Internetbekanntschaften belasten. Doch ich wollte mehr, mich reizte das Unbekannte. Ich redete so lange auf Paul ein bis er einverstanden war. Was ich eigentlich war? Einer, der sich immer mehr zum Arschloch entwickelte. Es standen dunkle Wolken am Horizont, ich sah sie nicht.

Ich klickte mich in den Chat ein. Sofort sah ich sie wieder. Den "Liebesengel"
- Hey Liebesengel
- Hi Rafael, wie geht's
- Gut, läuft alles bestens
- Warst ja lange nicht mehr hier. Wolltest du mich nicht mehr sehen, alleingelassen):
- Nein, ich hatte so viel Stress
- Dann lass mich ein wenig dein Herzchen streicheln, *grins*
- Du könntest noch mehr streicheln
- Gehst aber ganz schön ran
- Na, beim Liebesengel darf man nicht zimperlich sein.
- Lachmichschlapp
- Warum das denn
- Kennst mich doch gar nicht
- Hoffentlich wird sich das bald ändern
- Könnten wir einrichten, wie gesagt, ich hab ein Auto
- Dann machen wir es uns gemütlich, wir beiden
- Aber ich bin keine Claudia Schiffer
- Macht doch nichts, sollen wir uns treffen?

- Fänd's gut
- Kommste ins Rüttikon, ins Cafe am Markt
- Ok, weißte noch, wie ich aussehe?
- Ja klar, dein Tattoo wird mich anlocken und deine roten Haare auch.
- Prima Rafael
- Bin mal gespannt, wie wir uns verstehen, im echten Leben
- Das wird gut, dafür sorge ich schon
- Ja?
- Ja. Ich habe da so meine Tricks
- Ich werde mich deinen Waffen gerne geschlagen geben
- Muss langsam Schluss machen. Wir sehen uns am Freitag?
- Klar, bis dann Liebesengel

Sie gab mir ihre Handynummer, damit auch alles glatt gehen konnte. Fürs Wochenende hatten wir uns nun verabredet. Anfänglich hatte ich Bedenken, ob ich mit ihr treffen sollte. Ich ging hin. Was sollte schon passieren? Sie kannte ja nicht mal meinen Namen. Paul hatte mir auch dazu geraten. „Mach, was dir Spaß macht", hatte er gesagt. Nur weil ich hinging, hieß das ja nicht, dass ich gleich was mit Ramona anfangen musste. Ich wollte mich lediglich ein bisschen ablenken, mich auf andere Gedanken bringen.

DER 5. ABSCHNITT,

Da saß ich also in dieser überfüllten Bar und wartete auf Ramona. Ich war zwar schon ein wenig aufgeregt, aber mehr war ich gespannt, wie meine Cyber-Freundin aussehen wird. Schließlich war ich ja mit Sara zusammen und dachte nicht daran, ihr wegen einer Frau aus dem Internet untreu zu werden. Dennoch, ich war voller Erwartung. Bei jeder Frau, ob rothaarig oder nicht, die zur Tür hereintrat, dachte ich, „ob das wohl Ramona ist". Oft genug war ich erleichtert, dass sie es nicht war. Sie ließ auf sich warten. Ich trank mein Bier aus. So saß ich da, mit einem Kribbeln im Bauch und hielt mich an dem Glas fest. Schließlich zahlte ich, ging vor die Tür und rief sie auf ihrem Handy an. „Mensch, Ramona, wo bist du denn". Sie saß schon eine kleine Weile in der Bar und hatte mich beobachtet. Voller Erwartung ging ich wieder rein. Sie hatte ein nettes Gesicht und war so fett, dass ich es nicht glauben konnte. Wir gaben uns die Hand. Ich war froh, dass sie mir nicht gefährlich werden konnte. Zumindest war es das, was mein Kopf mir sagen wollte. Eigentlich dachte ich aber: „Das ist ja dann eher als Reinfall zu werten". Sie hatte kein Niveau. „Eine Latte für mich", sagte sie zum Kellner und lachte dabei als hätte sie den gleichermaßen witzigsten wie versauten Witz des Jahres gerissen. So ging es in einer Tour weiter. Auf die Frage, wo sie genau herkomme bekam ich die Antwort „Ha, vom Auto". Hätte sie für jede abgedroschene Phrase einen Euro bekommen, sie bräuchte nie wieder an Arbeit zu denken. „Schlimmer wird's nimmer", dachte ich und schlug vor, jetzt dann doch bald in den Waschsalon zu gehen. Sie willigte ein. Dort angekommen schlenderte ich ziellos durch das Gebäude - mit dem Ziel, alleine zu sein.

Nachdem ich meine Runde gedreht hatte, setzte ich mich an die Theke und bestellte ein Bier. Ramona wurde mehr oder weniger von mir ignoriert. Irgendwann war sie verschwunden. Das Thema war abgehakt. Sie würde ich nie wiedersehen und alle meine Befürchtungen lösten sich in Luft auf. Diese Geschichte konnte ich Sara getrost erzählen.

Ich war froh, dass die Sache mit Ramona so verlaufen war. Sara war einfach zu kostbar.

Ich hatte vor, mich zu betrinken und einige nette Gespräche an der Bar zu führen, was ich auch schaffte. Die Zeit verging und ich wurde immer besoffener. Ich saß da und schaute mir die Umgebung an. An der Bar saßen einige Leute. Einige unterhielten sich, andere saßen nur still nebeneinander. Ich legte den Kopf in den Nacken und blies den Rauch meiner Zigarette in die Luft.

Zwei Mädchen nahmen neben mir Platz. Ich schaute hinüber und lächelte. Die zwei sahen nett aus. Die eine war blond und sah aus wie ein Barbie-Puppe, zierlich und gut geschminkt. Sie erzählte mir, dass sie ihre Freundin besuche, die hier studiere. Wir erzählten uns ein wenig voneinander, was wir gerne tun, was für Musik wir hören, was sie studiert und warum, alles mehr oder weniger belanglose Dinge. Aber ihre Augen. Und wie sie ihren Kopf so bewegte, dass ihre Haare zufällig an meinen Armen entlang streiften oder wie sie meine Hand wie beiläufig berührte. Das war mehr als belanglos. An Sara dachte ich auf einmal nicht mehr. Ich dachte plötzlich hauptsächlich an die Brüste des Mädchens neben mir. Sie hieß Melanie. Ich zahlte ihr einen Bacardi. Sie lächelte mich an, ihre Augen strahlten mehr als Dankbarkeit aus. Ich dachte nicht daran, etwas zu sagen, sondern grinste wie ein Honigkuchenpferd und sah ihr in die Augen. Jedes Wort hätte in diesem Moment fatale Folgen haben können, dachte ich mir. Doch bald nahmen wir unsern Smalltalk wieder auf. Ihre Freundin hatte sich mittlerweile einen anderen Gesprächspartner geschnappt. Sie erzählte, dass sie noch zwei Wochen in der Schweiz bleibt und dass sie am nächsten Wochenende allein in der Wohnung ihrer Freundin sei, weil die bei ihrem Freund übernachte. Sie hatte ein Oberteil an, das unter ihren Schultern Halt fand und ihren Hals und den Anfang ihrer Arme preisgab. Auf ihrem rechten Schulterblatt prangte ein Tattoo, das einen Schmetterling zeigte. Dem Sinn ihrer Worte konnte ich nicht groß folgen. Sie redete viel und ich hörte zu. Dabei wurde ich immer erregter. „Lass uns tanzen", schlug ich vor. Das konnte sie. Sie rieb ihren Hintern an meinem Unterleib, sie drehte sich an meinem Arm um sich selbst, sie ließ ihre Hüften kreisen und fasste dabei um meinen Hals. Mann, ich hätte sie auf der Tanzfläche genommen. Mein Hirn war ausgeschaltet. Sie meinte, sie müsse mal verschnaufen und wir gingen wieder an die Bar.

Wir tranken Bacardi und schauten uns an. „Mensch, hier ist doch wirklich nicht viel los", sagte ich zu ihr: „Man sollte meinen, dass mehr Leute an einem Freitagabend tanzen gehen wollen". „Lass uns gehen", sagte sie.

Wir kamen nicht viel weiter als in ihr Auto. Wir küssten uns. Irgendwann meinte sie dann, dass sie mich jetzt geil bekommen will.

„Du brauchst jetzt nichts mehr machen, es ist jetzt ausschließlich an mir", hauchte sie. Sie wäre dann sicher dahin übergegangen, es mir mit dem Mund zu machen. Doch so weit kam es nicht. Ich konnte nicht. Das Einzige, was in meinem Kopf war, war Sara. Ich sah ihr Bild deutlich vor mir. Was tat ich nur? Wie konnte ich zu dieser Frau ins

Auto steigen? Ich setzte meine Zukunft aufs Spiel, nur für ein kleines Abenteuer. Das kann ja gar nicht wahr sein, dachte ich mir. Ich riss mich von ihr los. „Ich muss weg, ich weiß nicht, ob das so gut ist, was wir getan haben. Es tut mir leid, wir dürfen uns nicht mehr sehen", sagte ich hektisch und ging. Sie war verdutzt. Ich weiß nicht mehr, was sie sagte. Irgendwas rief sie mir nach, als ich davonlief und gleichzeitig meine Hose zuknöpfte.

Ich war voller Schuldgefühle, aber gleichzeitig unglaublich erleichtert, dass ich rechtzeitig die Reißleine gezogen hatte.

Am Sonntagabend kam Paul zurück ins Internat. „Na, erzähl, wie wars"?

Ich blickte ihn gequält an: „Ich habe mit Ramona nichts angefangen, die war fett und niveaulos"

„Ist auch besser so, denke lieber an Sara, die ist mehr wert. Die liebst du und sie liebt dich auch. Brauchst gar nicht so zu schauen, ist wirklich gut, dass es so gelaufen ist".

Ich musste lachen, ohne den Mund zu öffnen. „Na ganz so gut ist es dann doch nicht gelaufen. Ich habe jemand anderen kennen gelernt". Paul schaute mich ungläubig an: „Erzähl."

"Also, es war schön. Wir waren im Auto zugange, sie ging richtig krass ab. Paul, diese Frau beherrscht das Verführungshandwerk, sie geht mächtig ab, hat wahrscheinlich schon jede Menge Erfahrung. Ist das nicht Ironie des Schicksals?"

Paul schrie vor Lachen. „Du bist mir einer", sagte er dann in väterlichem Ton: „Pass mal auf: Hat man keine Freundin, will man unbedingt eine haben. Hat man eine, gibt es meistens noch andere Interessante. Diese These hat sich bei dir aufs Abartigste bewahrheitet. Das ist vielleicht das Schlechte des Guten, oder andersherum."

„Das hört sich nach einer Gebrauchsanweisung fürs Unglücklich werden an, die ich bisher noch nicht kannte", sagte ich und lachte gekisch.

Paul schüttelte den Kopf, er konnte sich kaum mehr beruhigen: „Du erzählst mir, wie sehr du Sara liebst, und dann hast du fast Sex mir einer Wildfremden. Das darf doch nicht wahr sein".

Ich konnte es selbst nicht fassen, was ich getan hatte. Sara machte mich glücklich, ich fühlte mich bei ihr wie ein ganzer Mann, ich wollte sie nicht aufgeben oder verletzen. „Erzähl bitte niemand davon", bat ich Paul.

„Ehrensache", sagte er. Das war alles zu viel für mich. „Lass uns heute Abend so richtig einen saufen", schlug ich Paul vor. Er war einverstanden.

„Was hast du denn jetzt nach der Schule vor", wollte ich von ihm wissen. Er meinte, er wisse es noch nicht so genau. „Erstmal studieren", meinte er, „vielleicht in Berlin. Und du?". „Ich muss noch mit Sara reden. Wahrscheinlich werden wir uns gemeinsam eine Wohnung nehmen und beide studieren". Ich tat so, als wäre es ein Leichtes, mich zu entscheiden. Aber in Wahrheit verdrängte ich einfach jeden Gedanken an die Zukunft. Das sollte sich bitter rächen. In zwei Wochen war Abitur. Wo war nur die Zeit hingegangen? Das Jahr war so schnell vorbei. Gerade hatte ich mich eingewöhnt. Schon sollte alles vorbei sein.

SECHSTER ABSCHNITT

Braune Augen, schwarze Wimpern. Meine Nase an ihrer. Ihr Mund an meinem. Ihre Hand an meiner Hüfte. Ein intensiver Kuss, dann dreht sie sich weg und legt sich auf den Bauch. In ihrer Hand ein Grashalm, den sie verträumt zwischen ihren Fingern dreht.

Wir lagen am Baggersee. Sara und ich, Paul und Fred, ein Kumpel aus der Klasse. Die anderen zwei nahm ich nicht wahr. Die Sonne briet uns, zum Glück lagen wir im Schatten. Keiner dachte mehr an den Stoff, die Hitze raubte uns ohnehin den letzten Rest Verstand. Ich schaute an Sara hinunter. Ihr Hintern war ein Traum. Sie schaute mich mit blinkenden Augen an und grinste breit.

Ich zurück. Und sah in ihr Gesicht. Es war vollkommen. Wusste sie, wie sehr ich sie liebe? Ich musste daran denken, was wäre, wenn sie mich verlassen würde.

- Belz, was ist los? Du guckst so komisch.
- Nichts, gar nichts.

Sie sagte nichts, drehte ihren Kopf wieder nach vorne und schaute ins Gras. Sie war so perfekt.

- Wieso, wie habe ich denn geschaut?
- Na, irgendwie komisch, so ernst.

Ich machte ihr ein paar Grimassen und fragte jedes Mal, ob ich denn so oder so geschaut hätte. Sie lächelte. Dann schaute sie mich fest an.

- Ich kenne niemanden, dem man so an den Augen ansieht, was in ihm vorgeht.
- Ja?
- Nicht mal, dass sich deine Mimik verändert, es sind nur die Augen. Die können so unterschiedlich aussehen. Es ist unglaublich.

Ich genoss diesen Augenblick. Hätte ich ihn doch besser genützt.

- Ich kann eben nicht lügen, sagte ich.

Immer hatte ich in den schönsten Momenten Angst weiter in die Tiefe zu gehen. Dann sagte ich meist die dümmsten Sachen. Hätte ich ihr doch die Wahrheit gesagt, dass ich sie mehr liebe als alles andere. Dass das Zusammensein mir mehr bedeutet als der Rest der Welt, dass sie mich vollkommen glücklich macht. Manchmal, nein meistens war ich ein vollkommener Idiot. Doch sie stieg natürlich drauf ein.

- Das ist doch gut. Jeder Mensch muss zeigen, wie es ihm geht und bei dir sind es eben die Augen.

Da stieß mich auch schon Paul von hinten in den Rücken.

- Komm Belz, wir wollen schwimmen gehen, auf geht's.

Fred stand auf und verschränkte die Arme. Paul packte mich am Arm und zog mich hoch. Wirklich hatte ich keine Lust ins Wasser zu gehen, aber war auch froh, dass ich von Sara wegkam und so um eine Liebeserklärung herum. Doch in letzter Sekunde kam ich zu Sinnen.

- Geht mal ohne mich, wir müssen was besprechen
- Ach kommt schon ihr Turteltauben, zehn Minuten fürs Baden werdet ihr euch schon trennen können, sagte Paul

Sie sind dann doch ohne mich gegangen. Ich drehte mich zu Sara und umarmte sie fest.

- Sara, ich bin total verknallt in dich
- Ich gehöre zu dir.
- Ich möchte immer bei dir sein
- Das will ich doch auch
- Stört dich was an mir, sollte ich was wissen?

- Nun, wenn du es schon ansprichst, du könntest mal langsam etwas mitteilsamer werden, du bist immer so verschlossen. Und manchmal auch so grätig, dabei bist du doch so lieb, das weiß ich doch.
- Ich werde alles für dich tun

Wir küssten uns innig.

- Es ist wunderschön mit dir, du bist der Hammer, hauchte mir Sara ins Ohr. Und erst der Sex mit dir ist vielleicht schön!
- Das freut mich, Sara. Und bitte denke dran, ich trage so viel Liebe in mir, bitte verletze mich nicht.
- Auf die Idee würde ich nie kommen.
-

Es gab keine Bedenken mehr, ich hatte mein Herz verschenkt, rückhaltlos. Gerade wollte ich sie wieder umarmen, da traf mich ein Schwall Wasser am Rücken. Ich sprang auf und jagte Paul in Richtung See. Wir lachten und schrieen. Ich packte ihn fest und zerrte ihn ins Wasser. Doch er war stärker und ich fiel in das schlammige, braune Wasser am Ufer. Ich reckte meine Arme nach oben und lachte wie wild. Es war ein perfekter Tag, wie er lange nicht mehr vorkommen sollte.

SIEBTER ABSCHNITT

Als Sara es mir sagte, dachte ich, ich ersticke. „Ich gehe nach Australien". Sie teilte es mir nahezu emotionslos mit. Ich konnte nicht antworten. Ich stand nur da. „Hast du mich verstanden, ich fliege eine Woche nach der Zeugnisausgabe, vorerst für ein halbes Jahr". Etwas in mir sagte, dass es bei den sechs Monaten nicht bleiben würde. „Du kannst mich doch nicht allein lassen", ich wollte sie umarmen. Sie streichelte meinen Hinterkopf: „Es ist ja nicht für ewig". Das konnte ich allerdings nicht glauben. Da stand ich wieder auf mich selbst angewiesen. Keiner, der mir sagte, was als nächstes kommt. Keiner, der mich an der Hand nahm und zur nächsten Etappe führte. Ich versteckte mich hinter den wenigen Tagen, die mir noch blieben. Mit Sara, Paul und allem, was mir so vertraut geworden war. Die Stunden waren Routine, nachmittags wurde gelernt, es blieb nur wenig Zeit, um mit Sara zusammen zu sein. War vielleicht auch besser so. Wenn ich sie sah, war ich den Tränen nahe, mein Magen spielte verrückt. Sie konnte mich doch nicht einfach so sitzen lassen. „Weißt du, ich muss auch nach mir schauen, das wird mir viel bringen, die Reise wird mir so viel Lebenserfahrung geben, wie ich sie hier innerhalb von zehn Jahren nicht bekommen kann." Ich versuchte es zu glauben, versuchte mir einzureden, dass ein halbes Jahr nicht lang ist, dass wir uns wiedersehen und dass alles so sein wird, wie früher, wie noch vorgestern. Doch ich glaubte zu wissen, dass diese Trennung mehr sein würde als ein kurzes Abschiednehmen. Diese Ahnung fraß mich auf. Aus Trauer wurde Wut. Aus Wut wurde Hass.

Hass auf Sara und auf das Leben. Saras Entscheidung hatte die Hülle der heilen Welt, in der ich zu leben glaubte, einen Riss versetzt. Bereits der Streit mit Paul vor einigen Wochen hatte eine Lücke hineingeschlagen. Es war, als ob unser Disput nur der Anfang von jeder Menge gequirlter Scheiße war, die sich abspielen sollte. Jetzt war der Zeitpunkt, in dem das Gerüst vollständig in sich zusammenstürzen sollte.

Ich war unkonzentriert, konnte nicht lernen. Wenn mich niemand sah, stand ich in den Gängen des Internats und atmete tief ein. Ich wollte mir den Geruch in die Seele brennen wie eine Ansichtskarte. Nur nichts verlieren, es sollte alles so bleiben, wie es im vergangenen Jahr gewesen war, nichts sollte sich ändern. Das wäre mir am liebsten gewesen. Paul dagegen freute sich auf die kommende Zeit. Wenn wir abends beim Bier zusammensaßen, schwärmte er. Er nahm sich vor nur einen kurzen Zwischenstopp in Berlin einzulegen. Sobald er genug Geld beisammen haben würde, wolle er nach Irland. Nichts könne ihn zurückhalten. „Du kannst jederzeit wieder einsteigen, Belz", sagte er zu mir. Ich war zu schwach, um ihm etwas Definitives zu sagen. Und meistens auch zu betrunken. Sara wollte ich es schon zeigen. Ich nahm mir vor, sie ab jetzt nicht mehr zu beachten. Die Prüfungen standen an. Der Abend vor der ersten Arbeit war gekommen. Er hatte sich nicht darum geschert, dass ich ihn ignoriert hatte. Paul ging früh ins Bett. Er meinte, einmal in seiner Schulzeit wolle er volle Leistung bringen. Mir war das egal. Ich wollte Sara nicht verlieren. Nicht weniger. Doch es war nichts mehr gut. Ich schämte mich. Schämte mich dafür, Sara nicht mehr zu beachten. Seit sie mir sagte, dass sie nach Australien geht, hatte ich von Tag zu Tag weniger mit ihr geredet. Es tat mir weh. Es tat mir weh, sie zu missachten und es tat weh, mit ihr zu sprechen.

Ich lag hellwach in meinem Bett. Das konnte doch alles gar nicht wahr sein. Mein Hirn war eine einzige matschige Pampe. Wie sollte das nur gut gehen? Ich war völlig malad. Eingeschlafen bin ich dann doch noch. Wirre Träume verfolgten mich bis in die frühen Morgenstunden. Schweiß gebadet wachte ich auf. Paul schüttelte mich: „Steh auf Mann, die Arbeit steht an". Ich war wie gelähmt, lag im Bett und wollte um nichts in der Welt aufstehen. Sollte doch der Tag an mir vorübergehen. Ich wollte ihn nicht, hatte versucht, ihn wegzudenken. Und jetzt sollte ich aufstehen und mich diesem Tag stellen. Ich stand dann doch irgendwann auf. Paul hatte auf mich eingeredet. Schließlich ist er weg gegangen. Mich hat er beschimpft. Ich solle aufstehen und mich nicht so anstellen. Ich kam zu spät. Die Blätter lagen schon auf den Tischen. Die Mitschüler hatten bereits angefangen zu rechnen. Mathe. Ich las über die Aufgaben, die Buchstaben verschwammen. Ich konnte kaum den Sinn entziffern. Ich gab mir keine Mühe. Ich konnte nicht rechnen, warum sollte ich so tun, als hätte ich eine Ahnung. „Ist doch eh alles egal, ich weiß nicht, was das alles bringen soll", dachte ich mir. Ich gab die Arbeitsbögen nach einer halben Stunde ab.

Ich war froh, dass es vorbei war. Ich hatte das Gefühl, den Tag doch noch am Arsch gekriegt zu haben. Ich war zwar aufgestanden, um die Prüfung hatte ich mich aber mehr oder weniger gedrückt. Endlich war sie vorbei, wenigstens die erste. Ich fühlte mich irgendwie erleichtert. Ich kaufte einen Sixpack. Nicht nur diese Prüfung versaute ich von Grund auf. Es reichte zum Abitur, meine guten Leistungen während des letzten Jahres machten es möglich. Ich konnte einfach nicht mehr, während der ganzen Prüfungen konnte ich nur an Sara denken und dass sie mich im Stich lässt. Sara war sauer auf mich. Ich war ständig betrunken. „Du kannst dich doch nicht so hängen lassen. Was ist nur los mit dir", sagte sie einmal zu mir. Ich prustete und ging weg. Wenn sie mir schon so weh tat, so wollte ich es ihr heimzahlen, war meine Meinung. Ich redete nicht mehr mit ihr. Ich wollte sie bestrafen für das, was sie mir antat. Wollte ihr zeigen, dass ich auch ohne sie klarkomme. Und hoffte, dass sie merkt, dass sie nicht ohne mich klarkommt. Dieser Schuss ging freilich nach hinten los. Doch ich sah nur, dass sie litt. „Mann, wie behandelst du eigentlich deine Freundin", wollte Paul wissen. Ich war seit dem Morgen am Bier trinken.

- „Du hast selbst gesagt, sie sei ein dahergelaufenes Weib, ich lass mich doch von der nicht so unterbuttern".

- „Ist dir eigentlich klar, dass sie nur ein halbes Jahr weg ist"

- „Glaubst du doch selber nicht, was meinst du, wie schnell die einen neuen hat"

- „Das glaube ich nicht. Sara liebt dich"

- „Ja, solange ich hinter ihr herlaufe wie ein Dackel"

- „Und du säufst wie ein Loch, du suhlst dich in deinem Unglück."

- „Ach ja?

Ich konnte nicht anders. Der Sarkasmus war mein Fluchtweg. Das Sackgassenschild muss ich wohl übersehen haben.

- „Das Schlimmste ist, du hast Spaß dran, dich als das arme Opfer hinzustellen"
- „Wer verlässt hier eigentlich wen, hää?"
- „Sie will doch nur ein halbes Jahr weg"
- „Weißt du, was ich glaube, du willst sie mir ausspannen"
- „Was?"
- „Ja, du mit deiner Irland-Scheiße hast ihr den Floh ins Ohr gesetzt, und wenn sie wiederkommt, dann stehst du als der große Held da"
- „Du weißt ja nicht mehr, was du redest"
- „So?

Ich war ein Arschloch, ein total besoffenes Arschloch. Paul nahm es mir nicht allzu krumm. Aber beleidigt war er schon. Mir war das egal. Ich ging zur Tankstelle und kaufte mir noch ein paar Biers. Im Stadtpark würde ich meine Ruhe haben, dachte ich mir und setzte mich auf eine Bank. Drei Tage war ich jetzt schon mindestens besoffen. Die Prüfungen waren vorbei. Das Mündliche stand noch an. Danach die Abschlussfeier.

Und dann würde ich nach München gehen und studieren. Und ich würde ficken, wie noch keiner vor mir. Ich würde jeden Abend eine andere mit nach Hause nehmen. Sara sollte schon noch sehen, was sie an mir verlor. So war mein Plan. Benebelt saß ich da. Sara kam. Ich wollte wegrennen, mir fehlte die Kraft. Ich stolperte und fiel in den Dreck. Als ich aufblickte sah ich in Saras Gesicht.

- „Hast du jetzt endlich genug?"
- „Ach, die feine Dame, noch nicht in Australien?"
- „Was hab ich dir denn getan?"
- „Verpiss dich und komm bloß nicht mehr wieder"
- „Wenn ich dich so ansehe, frage ich mich, wo der Junge ist, den ich liebe".
- „Wer weiß, vielleicht findest du den ja in Australien"
- „Beruhige dich doch mal wieder. Ich gehe nur für ein halbes Jahr"

In diesem Moment sah ich klar. Ich lag mehr als ich saß, war sturzbesoffen und ein Ekel. Die Tränen schossen mir in die Augen. „Nein, ich heule nicht", war der einzige Gedanke in meinem Kopf. Ich richtete mich auf und wollte Sara küssen. Sie stieß mich angewidert weg: "Lass das, bitte". Sie richtete mich auf: „Komm, wir gehen heim". Doch der

Teufel in mir war stärker. „Ich gehe einen saufen, lass mich, du liebst mich sowieso nicht". Ich stieß sie weg. So stark, dass sie hinfiel und sich den Kopf anschlug. Zuvor küsste ich sie, es war der ekelhafte, stinkende Kuss eines Betrunkenen. Sara weinte. Sara lief weg. Ich stand da. Kalt war mir. Die Sonne schien. Die Kälte kam aus meinem Inneren. Ich dachte, ich würde mich in der nächsten Kneipe wieder aufwärmen können.

Als ich am nächsten Morgen erwachte und kaum meinen Kopf heben konnte, fühlte ich mich wie ein Stück Dreck. Ich wollte alles wieder gut machen. Dafür war es wohl schon zu spät. Sara blickte mich nicht einmal an. Sie ging weiter. Ich fiel auf die Knie. Alle schauten mich an. Nur Sara nicht.

Keinen Tropfen Alkohol hatte ich bis zur Abschlussfeier angerührt. Sara schrieb ich Briefe, stellte ihr nach. Es war aussichtslos. Sie ging mir aus dem Weg. Ich hatte sie zu sehr verletzt. Am Abend der Zeugnisausgabe war mir nicht nach feiern. Wahrscheinlich war ich der einzige im Saal, dem es so ging. Mit einem unwohlen Gefühl stand ich an der Wand. Die Lobesreden meiner Mitschüler bekam ich nur am Rande mit. Das ganze Spektakel ging mir auf den Sack. Die taten alle, wunder was Tolles sie geschafft hätten. Von der Decke hingen jede Menge Papierstreifen und so Zeugs. „Wunderbar und liebevoll drapiert, was Belz", sagte ein Typ zu mir und stieß mir mit seinem Ellbogen in die Seite.

Ich nickte nur kurz, wollte lieber allein sein. Alles kam mir so irreal und verzerrt vor. Sogar Westermüller machte einen auf Kumpel.

- „Schön, dass Sie es doch noch geschafft haben, sich aufzuraffen Belz, was?
- Ja.
- Wie soll's denn jetzt weitergehen?
- Studium und längerfristig Familie.
- Schön, das hört sich doch gut an. Und denken Sie immer dran. Bewahren Sie die Disziplin und wenn es irgendwann nicht mehr so gut laufen sollte, packen Sie ruhig mal ihr altes Mathe-Buch wieder aus. Sie werden sehen, das tut ab und an ganz wohl. Und solche Momente werden kommen. Das können Sie sich heute Abend wahrscheinlich nicht vorstellen, aber das Leben ist nicht immer gradlinig.

Jetzt fasste mich dieses bärtige Monster auch noch an. Er laberte in einem fort. Ich hab irgendwann den Faden verloren. Bei solchen Typen können einem schon Zweifel an der Existenz von Intelligenz und Menschlichkeit kommen. Er war wohl etwas angetrunken. Denn jetzt erzählte er mir auch noch von seiner Frau, die ihn betrogen hatte und hinterhältig sei. Ich solle mir mein Mädchen gut aussuchen und so weiter und so fort. Ich sagte ihm, dass ich tanzen gehen wollte und verdrückte mich so schnell es ging. Es lief „Here I go again on my on". Das passte ganz gut zu meiner Stimmung und ich rockte ein wenig ab. Kein anderer war auf der Tanzfläche, das passte auch. Ich kam mir vor wie ein tragischer Held aus einem Theaterstück, Hamlet passte ganz gut. Ein wenig Alkohol hab ich mir schon verdient, dachte ich mir. Lang genug war ich Abstinenzler gewesen. Ich wollte mir ein Bier holen, drängte mich durch die Menge und dann passierte es. Sie stand vor mir. Sara. Ich konnte nichts sagen. Ich stand nur vor ihr. Sie hatte ihr gebatiktes Shirt an, das grün schimmerte. Schon wurde ich weitergedrückt. Sie hatte gelächelt. Das war umso schlimmer für mich. Hätte sie mir gezeigt, dass sie mich hasst, ich wäre leichter mit der Trennung klargekommen. Ich konnte dennoch nicht mehr mit ihr reden. Es erschien mir unpassend, sie hier vor allen Mitschülern zum ersten Mal wieder zu anzusprechen. Zudem fühlte ich mich unsicher. Ich ging in mein Zimmer. Die Tränen schossen aus mir heraus. Ich schluchzte und weinte. Bis ich einschlief.

Ein Zettel lag am nächsten Morgen auf meinem Nachttischschrank. „Mein Flieger geht am Sonntag um 8 Uhr", stand drauf. Nicht mehr. Ich brachte Sara zum Flughafen. Ihre Eltern waren auch dabei.

- Sie sind also der junge Mann, von dem Sara uns so viel erzählt hat, sagte ihre Mutter.
- Ja, sagte ich und kämpfte mir ein Lächeln aufs Gesicht
- Na, seien Sie mal nicht traurig, Sara wird ja bald wieder da sein. Ich glaube sie mag Sie sehr, meinte ihr Vater in einem sehr freundschaftlichen Ton.
- Ich hab mich in letzter Zeit nicht sehr gut ihr gegenüber benommen, druckste ich.
- Machen Sie sich mal nicht so viele Gedanken.

Ihre Eltern hatten ja keine Ahnung, was ich mir geleistet hatte. Ich kriegte Sara einfach nicht mehr allein für mich. Wir sprachen nicht mehr viel. Ich fühlte mich ihr gegenüber fremd und schuldig. Sie sagte noch, dass es gut sein könne, dass sie ihren Aufenthalt in Australien um ein paar Monate verlängert.

- Hans, ich muss mir klar werden, was ich will. Du hast mir übel mitgespielt die letzten Tage. Ich muss mir überlegen, wie es weitergehen soll. Du hast dich immer mehr zu einem eiskalten, herzlosen Monster entwickelt.

- Wir wollten doch gemeinsam alt werden. Ich kann nicht ohne dich leben.
- Die Frage ist, ob ich ohne dich leben kann, sagte sie.

Darauf konnte ich nichts erwidern. Ich konnte sie sogar verstehen. Meine Beherrschung war in der jüngsten Zeit nicht gerade vorbildlich gewesen. Ich verhielt mich wie Abschaum. Ihre Erscheinung verlor sich irgendwo in der Passkontrolle. Mir war schlecht. Ich hatte meine letzten Tage mit ihr vergeudet, hatte sie mir zum Feind gemacht. Die Frau, für die ich zu sterben bereit war. Unser Abschiedskuss war der von zwei Freunden.

ZWEITES KAPITEL
ERSTER ABSCHNITT

Die Schule war vorbei. Seit einigen Monaten war ich jetzt schon in München. Sara war in Australien, Paul in Berlin. Ich hatte die Zeit immer gut rumgekriegt, hatte als freier Mitarbeiter bei der Lokalzeitung angeheuert, ging spazieren und schwimmen. Zwar vermisste ich Sara und das Leben im Internat, aber das Leben war erträglich. Zumindest versuchte ich, mir das vorzugaukeln. In

Wahrheit allerdings ließ ich mich immer mehr gehen. Ich schlief bis in die Mittagszeit, trank viel Bier und führte unter dem Strich ein freudloses Dasein. Doch dann, an einem Mittwoch, holte mich die Realität ein.

Mir war an diesem Abend, als könne ich die Einsamkeit in jeder Faser meines Körpers spüren. Ich sah den Schatten meines Kopfes, der eine Zigarette rauchte. Mein Magen war gebläht. Es war Winter geworden. Die Luft tat weh, die Kälte drang in mein Zimmer. Ich fing an zu sprechen, vor meinem Mund bildeten sich Dampfwölckchen: „Die Welt scheint mir zu viel zu erwarten, ich kann ihren Ansprüchen nicht gerecht werden. Jeden Tag will sie, dass man mit voller Konzentration da ist. Ich will das nicht. Ich will mich verstecken. Am liebsten nie wieder aufstehen, nur schlafen." Traurig, bedauernswert, so kam ich mir vor. Ich war allein. Das Zimmer war leer. Sara saß wahrscheinlich auf der Veranda eines weißen Holzhäuschens und genoss die untergehende Sonne. Wahrscheinlich hatte sie auch schon jemand, der ihr den Hof machte. So gut wie sie aussieht, war das sogar mehr als anzunehmen. Und ich hatte nur noch meine Zigaretten und dieses Kribbeln im Bauch. Ich kam mir vor wie einer, der seine Hinrichtung im Morgengrauen erwartet, verzweifelt und hoffnungslos. Was sollte nur aus mir werden? „Ich sollte nicht zu viel nachdenken", sagte ich zu mir selber. Was sollte nur aus mir werden. Während der Schulzeit war mein Leben vorgezeichnet. Ich wusste, wann ich wo hinzugehen und was zu machen hatte. Jetzt war das anders. Und gerade jetzt musste Sara nach Australien. Sie müsse ihr Leben leben, die Welt erkunden und außerdem bringe ihr der Auslandsaufenthalt mehr als alle 13 Schuljahre zusammengenommen. „Ja, ja, soll sie gehen und mich alleine lassen. Ich habe es nicht nötig, dass sie da ist", sagte ich. Aber ich konnte es so oft wiederholen wie ich wollte – ich glaubte es nicht. Ich saß auf mich gestellt in München und wartete, bis mein Studium beginnt. Oft schon hatte ich mir vorgenommen, Paul in Berlin besuchen zu gehen. Doch ich konnte mich letztendlich nie aufraffen.

Ich fühlte mich einsam und verlassen. Abends war ich ausgelaugt und doch war an Schlafen nicht zu denken. Ich lag in meinem Bett und wälzte mich hin und her. In den Morgenstunden fiel ich in einen kurzen und nicht gerade erholsamen Schlaf, der bis gegen Nachmittag anhielt. Ich hatte die Bewerbungsfrist für das Studium verpennt und musste so noch ein weiteres halbes Jahr warten. Ich wollte die Zeit nutzen, um mich als Schriftsteller zu profilieren und den Bestseller des Jahres schreiben. Das müsste doch gehen. Doch in meinem Kopf war nichts als Leere. Mir wollte keine Zeile einfallen. Mein Hirn war blockiert. Kaum, dass ich morgens aufgestanden war, setzte ich mich an den Computer. Der Wille, etwas zu schreiben, war vorhanden. Das Problem war nur, ich war in keiner Weise produktiv. Ich kriegte keinen Absatz hin, mit dem ich zufrieden war. Es war mir alles zu flach, was ich schrieb. Ich wurde immer unzufriedener, die Tage gingen vorbei. Nichts änderte sich.

Alles erinnerte mich an Sara. Selbst das Essen schmeckte nach ihr. Ich hatte keine Vorstellung davon, wie ich mein Leben haben wollte. Ich schlief und lief betäubt durch meine Tage. An Irland dachte ich kaum noch. Bis mich eines Abends Paul anrief. Er wollte aufbrechen, tatsächlich auf die Insel gehen. Ich sagte ihm, dass ich gerade ein Buch schreiben würde und nicht weg könne. Das war zwar gelogen, aber ich wusste nicht, was ich ihm sonst hätte sagen sollen.

   - „Das kannst du doch in Irland prima machen. Dort zahlen Autoren keine Steuern"
   - „Ich weiß nicht. Und was wäre dann mit meinem Studium"
   - „Mensch Belz, lass dir diese Chance nicht durch die Lappen   gehen. Das wird einmalig."
   - „Und wovon soll ich leben"

- „Ich habe geerbt. Ich kann dir ein paar Tausend Euro ausleihen für den Anfang."

Ich war sprachlos. Eine Tante von Paul besaß eine Süßigkeitenfabrik, war unerwartet gestorben und hinterließ ihm 900 000 Euro.

-Haste was von Sara gehört?"
-„Nein, seit wir uns verabschiedet haben, hat sie nur einmal geschrieben. Und das ist schon wieder Wochen her."
-„Und, wie verkraftest du es?"
-„Es ist furchtbar, aber ich bin ja selber schuld.
-„Wann kommt sie wieder heim?"
-„Sie sagt, sie weiß es noch nicht. Wahrscheinlich bringt sie ihr Studium dort unten zu Ende. Dann hat sie wohl mehr Chancen später."
- Das ist doch ein Grund mehr, mit mir nach Irland zu gehen
- Ich komm auf jeden Fall mit, mache es aber von Sara abhängig, ob ich bleibe oder wieder nach Deutschland zurückgehe.

Paul hatte recht. Ich konnte entweder mit halbem Herzen studieren und auf Sara warten, was aussichtslos war oder mitgehen. Da ich mit meiner Situation ohnehin unzufrieden war, willigte ich schließlich ein, mir die Sache mal vor Ort durch den Kopf gehen zu lassen. Bereits in einem Monat wollten wir fliegen. Paul schlug vor; bereits zwei

Wochen vorher zu gehen und sich um die Wohnung und den ganzen Papierkram mit den Behörden zu kümmern.

So stand ich dann schließlich doch noch auf der Reling der Fähre, die mich nach Irland bringen sollte. Der Wind pfiff mir um die Nase, die See schäumte. Ich schaute aufs Meer hinaus und dachte an Sara. Am Horizont stach ein blasser Regenbogen durch die Wolken, es nieselte. Das gab mir auch nicht wirklich Hoffnung. Ich musste ein Bier trinken, mein Magen kribbelte, es war mir Unwohl. In der Hand hielt ich einen Brief von ihr. Ich hatte mich bisher nicht getraut, ihn zu öffnen. Es deutete sich an, dass sie für längere Zeit in Australien bleiben würde. Es war nur ein Gefühl, aber darauf konnte ich mich eigentlich immer verlassen. Zumal ich schon bei ihrer Abreise diese dunkle Vorahnung gehabt hatte, dass sie nicht mehr wiederkommt. Jetzt stieg ich also hinab in den Schiffsrumpf, bestellte mir ein Bier in der Kneipe und machte den Brief auf. Der Linoleumboden war voll schwarzer Fleck. In der Luft lag der Geruch von Diesel. Es war trostlos. Gleich würde ich wissen, wie es mit meinem Leben weitergehen würde. Wollte Sara weiter down under bleiben, würde ich mich in Irland niederlassen. Käme sie aber zurück, würde ich nur kurz bei Paul in Irland bleiben und dann wieder heim.

Nach einem tiefen Schluck war ich bereit, das Kuvert zu öffnen. Das Papier raschelte, es zehrte an meinen Nerven. Was ich las, war unglaublich.

Hallo Belz,

die Zeit mit dir war sehr schön und du sollst wissen, dass ich dich immer noch mag. Aber je länger unsere Trennung dauert, umso mehr wird mir klar, dass es das Beste ist, hier zu bleiben und unter unsere Beziehung einen Schlussstrich zu ziehen. Ich bin jetzt schon zu lange hier. Wir haben uns einfach entfremdet. Es hat schöne Momente mit dir gegeben, es waren eigentlich die überwiegenden. Das sollst du wissen. Ich habe keinen neuen Freund. Du bedeutest mir immer noch etwas. Ich habe dich niemals benutzt, oder dich als eine Affäre oder ein Abenteuer gesehen - im Gegenteil, ich habe dich wirklich geliebt! Du bist ein so geiler Mann, ein so toller Mensch, und ich möchte jetzt am liebsten zu dir, in deine Arme, dich küssen und 10 Mal mit dir schlafen! Aber ich muss nach mir selber sehen. Du hast mich nicht gut behandelt, aber das ist nicht der Hauptgrund. Damit könnte ich zur Not noch leben. Aber ich muss hierbleiben und mich um mein

Leben kümmern. Sieh es doch so, wir hatten guten Sex, viel Spaß und eine verdammt gute Zeit. Geh raus, lenk dich ab und amüsier dich. Ich kann nicht mehr mit dir zusammen sein. Es tut mir sehr leid wegen uns. Ich möchte nicht, dass der Kontakt abbricht. Du wirst schon klarkommen. Ich will nicht, dass es dir schlecht geht. Also, lass den Kopf nicht hängen. Ich hoffe, du kannst irgendwie verstehen, warum ich mich so entschieden habe
Sara

Ich war sprachlos. Ich hatte erwartet, dass es aus ist, aber geglaubt hatte ich es nicht. Das konnte doch nicht ihr Ernst sein. Ich liebte sie doch. Und sie hatte mir immer das Gefühl gegeben, dass sie wie ich empfindet. Aber das schien jetzt wohl nicht mehr so zu sein. Ich kannte Sara gut genug, es war ihr letztes Wort. Da konnte ich nichts gegen tun. Es würde sich nicht lohnen, um sie zu kämpfen, wenn ihre Entscheidung stand. Mein erster Impuls war, noch ein Bier und einen Whiskey zu holen. Wie unter Narkotika lief ich zum Tresen. Das konnte sie mir doch nicht antun. Das kann ich doch nicht verkraften, sagte ich zu dem fetten Barkeeper. Er schaute mich in seinem fleckigen weißen Hemd nur dumm an und stellte mir die Getränke hin. Nicht mal ein Grinsen rang er sich ab. Als ich mich setzte, hatten sich mir gegenüber zwei englische Mädels niedergelassen. Ich überlegte kurz, ob ich eine der beiden ansprechen sollte. Mit dem Hintergedanken, es Sara schon zu zeigen, wer hier das kürzere Streichholz gezogen hatte. Schnell war mir die Dummheit dieser Idee klar und ließ es sein. War sowieso zu feig, kippte etliche Biere. Mir war übel, mein Magen krampfte, ich fühlte mich schwach. Ich rief Sara auf ihrem Handy an, sie drückte das Gespräch weg. „Der gewünschte Gesprächspartner ist zurzeit nicht erreichbar", war der Satz, den ich an diesem Tag am häufigsten hörte. Ich hatte bislang keine Vorstellung, wie zäh und scharf das brennt, wenn man verlassen wird. Ich fühlte mich wie ausgekotzt. Der Alkohol tat sein Übriges, mein Hirn war schwammig.

Ich ging wieder auf Deck, der Hafen war schon in Sicht. Paul hatte mir versprochen, dass er mich abholt. Doch ich sah sein Gesicht nicht in der Menge. Ich setzte mich an den Kai, die Luft roch nach Fisch, der Wind brauste. Ich versuchte es nochmal bei Sara. Jetzt ging sie ran, hielt das Telefon aber nur vor die Stereo-Anlage. Das war mehr als kindisch. Ich schrie in den Hörer. „Sara, geh schon ran". Schließlich meldete sie sich.

- Belz, ich will nicht mehr
- Aber ich lieb dich doch, ich will dich zurück
- Glaub mir, es ist besser so. Leb du dein Leben, mach das Beste draus.

- Musst du mir auch noch kluge Ratschläge mit auf den Weg geben?
- Ich kann dir jetzt nicht mehr sagen, aber ich will nicht zurück und will auch nicht mehr mit dir zusammen sein. Lass mich vorerst in Ruhe.
- Sara, du bist doch mein Mädchen
- Das ist vorbei
- Fass keine voreiligen Entschlüsse. Gib uns noch eine zweite Chance. Sara, ich liebe dich. Ohne dich ist mein Leben sinnlos.
- Mach mir bitte keine Szene. Ich habe mich nun mal so entschieden und glaube, dass es das Beste für uns beide ist.
- Sara, tu mir das nicht an. Bitte komm zurück.
- Ich will jetzt aufhören. Machs gut.

Sie hatte einfach aufgelegt. Sie hatte mir eine Seite gezeigt, die ich vorher nicht von ihr gekannt hatte. Nachdem wir das kurze Gespräch beendet hatten fühlte ich eine unendliche Einsamkeit. Es war als hätte ich ein Loch im Bauch, aus dem meine Kraft hinausfließt. Ich werd schon klar kommen, versuchte ich mir einzureden. Ich fühlte mich so klein, so ausgebrannt. Ich saß nur starr da, wie parallelisiert. Von dem Treiben am Hafen bekam ich nichts mehr mit. Dann sah ich sie, zuerst nur aus den Augenwinkeln. Ein dunkelblonder Engel. Sie stolzierte an der Kaimauer entlang. Sie kam genau auf mich zu. Sie lächelte. Da gings mir gleich besser. Und, verflucht noch mal, sie setzte sich neben mich. Ihre spitzen Titten drückten durch den Norweger-Pullover, den sie trug. Sie hatte was, was mich anmachte. Ich dachte daran, mit ihr zusammen Sara wenigstens für kurze Zeit zu vergessen. Dann kam eine kleine Überraschung. Sie war eine Hure. „Na dann habe ich wenigstens leichtes Spiel", dachte ich mir. Sie sagte es so locker, als ob sie Guten Tag wünschen würde. „Do you want to fuck. 30 Pounds". Ich nickte und sagte, das gehe ok. Wir gingen in ein Zimmer am Hafen. Es war komisch und nicht gerade das, was ich als erotisch bezeichnen würde. Ich lag auf ihr und mir war nach schlafen zumute. Ich stieß zu und vergrub mein Gesicht in ihrem Hals, vielleicht dachte sie, das wäre Erregung. Ich war müde.

Jedenfalls war das ein guter Anfang für mein neues Leben auf der Insel. Ich ging allein hinaus. Sie blieb auf dem Zimmer. Draußen sah ich gleich Paul.

- Hey Paul, hier steckst du also.
- Ja Mann, tut mir leid, hab mich ein wenig verspätet.
- Macht nix, hab mir die Zeit vertrieben.
- Ok, sollen wir los?
- Ja. Und ich bleib wahrscheinlich für immer.
- Prima.

- Sara hat mir geschrieben, dass sie mit mir Schluss macht.
- Weniger gut.
- Bin auch total am Boden zerstört
- Ich hab ein super Haus gefunden. Unten ist ein Pub drin, oben können wir wohnen. Du hast sogar ein Schreibzimmer. Das Beste: Ich hab das Haus gekauft.
- Dann können wir ja das tun, was wir am besten können, saufen.

Paul schlug mir auf die Schulter. Das brachte mich auch nicht wirklich auf andere Gedanken. Ich war nicht nur traurig, ich war in meiner Ehre getroffen.

Von meiner neuen Wohnung sah ich nicht viel. Doch ich war gleich begeistert von dem Haus, das Paul ausgewählt hatte. Es lag am Meer, kurz vor dem abfallenden Riff, umgeben von grüner Wiese. Erreichbar war es nur über einen schmalen Pfad aus dunklen Kieseln. Ich fühlte eine unbeschreibliche Zufriedenheit. Der Wind war kühl und pfiff um die Nase. Die Luft schmeckte nach Salzwasser, sie war voll feuchter Erinnerung. Das Haus war aus alten, grauen Steinen gebaut, wie die Steine in Stonehenge. Die Vögel kreischten. Schreiende Möwen, die sich unermüdlich gegen Hunger und Wind wehren. Es hatte eine Tür aus massivem, dunklem Holz, die mit Metall verziert war.

Mein Zimmer hatte einen Balkon. Die Brandung brauste von unten. Doch ich war zu erschöpft, um mich weiter dran zu freuen und legte mich erstmal ins Bett.

ZWEITER ABSCHNITT

Als ich erwachte, war mir im ersten Moment gar nicht bewusst, wo ich war. Ich lag in einem niedrigen Raum mit weiß gekachelter Decke. Zwischen den beiden Eckfenstern stand das Bett. An der Wand stand ein Schrank aus der Jahrhundertwende. Ich hatte Hunger. Durch die Vorhänge strahlte helles Licht. Langsam wurde mir wieder klar, wo ich war. In Irland. Sara hatte mich verlassen. Doch das berührte mich in diesem Moment erstaunlich wenig. Ich wusste, dass alles nur besser werden konnte. Paul kam zur Tür rein.

- Na, haste deinen Schmerz weggeschlafen, sagte er
- Wie lang hab ich gepennt?
- Fast zwei volle Tage.
- Mann, das war alles einfach zu viel die letzte Zeit

- Komm runter, ich hab dir was zu Essen hergerichtet. Lassen wirs gemütlich angehen.
- Weißt du, ich kann Saras Entschluss nicht verstehen.
- Ich kapiers auch nicht. Vielleicht braucht sie nur ein bisschen Zeit für sich.
- Glaub ich nicht. Dabei haben wir uns immer so gut verstanden.

Ich gab Paul Saras Brief zu lesen. Er schüttelte nur den Kopf.
- Du solltest sie schnellstmöglich vergessen; sie weiß einfach nicht, was sie will. Sie kann doch nicht gleichzeitig sagen, dass sie am liebsten mit dir vögeln will und dann Schluss machen. Setz einen Hacken hinter die Sache.
- Das kann ich nicht
- Jaul nicht rum, sie ist nur eine Schlampe. Lass dir von ihr nicht das Herz brechen

Wenn ich es recht überlegte, hatte Paul recht. So konnte sich nur eine charakterlose Person verhalten. Wir hatten uns miteinander immer wohl gefühlt. Wir hatten uns gegenseitig geliebt. Und jetzt gab sie uns einfach so mir nichts, dir nichts auf. Sie machte es sich verdammt einfach. Ich sollte nicht mehr an sie denken. Das allerdings gelang mir nicht. Alles roch nach ihr.

- Wie lange meinst du hält so ein Liebeskummer an, fragte ich Paul
- Du musst was dagegen tun.
- Ich sollte zwei Wochen nur saufen, um die Häuser ziehen und vögeln
- Ich weiß nicht, ob du damit nicht alles noch schlimmer machst, warnte mich Paul. Du solltest lieber an deinem Roman arbeiten.

Ich hatte allerdings keine bessere Idee und gleich nach dem Frühstück genehmigte ich mir erst mal ne Flasche Bier. Nachdem ich eine geraucht hatte, schnappte ich mir zwei, drei Flaschen und ging aus dem Haus.

- Ich schau mich mal in unserer neuen Heimat um
- Pass auf dich auf und brech dir kein Bein, rief mir Paul hinterher. Was der sich immer dachte.

Nach einem Fußmarsch von einer halben Stunde, ungefähr, kam ich zur Stadt. Sie machte mit ihren alten Fachwerkbauten einen sympathischen Eindruck auf mich. Leider fand ich noch kein Pub, das geöffnet war. Es mochte so gegen elf gewesen sein. Also litt ich erstmal Durst und setzte mich auf eine Bank am Marktplatz. Eins der Biere, dich ich mitgenommen hatte, war noch in meiner Tasche. Ich machte es auf und genoss.

Heißa, was waren die Mädchen in dieser Stadt schön anzuschaun. Da musste doch eine für mich dabei sein. Was heißt da eine? Ich hatte mir in den Kopf gesetzt, erstmal nur noch ohne Verstand zu trinken und zu ficken. Das hatte ich mir verdient. Schon auf dem Internat war ich bei den Mädchen gern gesehen und hätte ich Sara nicht gehabt, wäre bestimmt mit der einen oder anderen auch was gegangen. Doch lange wollte ich nicht darüber nachdenken. Schon seit die Schule vorbei war, hatte ich gemerkt, dass ich mein Hirn am liebsten nicht groß benutze. Ich mochte es, wenn alles nur so dahinfloss. In der Zwischenzeit hatte auch ein Straßencafe aufgemacht. Ich bestellte einen Kaffee und überlegte mir, was ich aus meinem Leben machen sollte. Ich konnte doch nicht immer so weiter machen. Doch diesen Gedanken schob ich schnell von mir weg. Ich konnte mich noch nie gut entscheiden. Außerdem hatte ich schon wieder mehr Durst als gedacht und bestellte doch ein Pint. Gegen Nachmittag war ich sternhagelvoll.

Auf der Straße kamen mir drei bullige Typen Anfang 20 entgegen. Ich ging auf den in der Mitte zu und packte seinen Kragen.
  - Lass meine Sara in Ruhe, du irischer Wichser, schrie ich ihn an.
  Der Dummkopf checkte wohl, dass ich einen im Tee hatte. Er schob mich beiseite und wollte weiterlaufen. Doch ich hörte nicht auf zu pöbeln.

- Dass du ja deine Finger von meinem Mädchen lässt, du Hurensohn und schieb deinen dreckigen Arsch über die Straße, deine Mutter sollte sich schämen, dass sie solch einen Idioten wie dich großgezogen hat.

Im selben Augenblick durchschoss es mich heiß. Was tat ich? Ich wollte nur noch weg hier. Niemals zuvor hatte ich mich so dumm aufgeführt. Doch es war zu spät für Reue. Seine zwei Kumpels rannten auf mich zu und hielten mich an beiden Armen fest. Der Typ verpasste mir einen, dass es mich aus den Latschen kippte.

- Do you have enough, bastard?
- Hör mal, mach locker, wer wird denn so nachtragend sein, stammelte ich.

Doch die Jungs verstanden mich halt nicht und dachten wohl, ich wollte weiter stänkern. Denn jetzt hieben sie erst richtig auf mich ein. Von allen Seiten prasselten die Fäuste. Mein Auge war aufgeplatzt, in meinem Mund sammelte sich das Blut. Ich fühlte rein gar nichts mehr. Ich kam erst wieder zu mir, als mich einer gegen den Kopf trat. Ich lag auf dem Boden. Um uns herumstand nicht nur die Bande des Arschloches, das mich verprügelte, sondern auch einige Einwohner aus der Stadt. Sie lachten und schauten mich an, als wollten sie sagen: Das geschieht diesem großmäuligen Deutschen schon recht, dass er mal ordentlich was auf die Fresse kriegt. Ich rappelte mich auf und rannte wie verrückt davon. Ich muss ausgesehen haben wie ein Tier im Schlachthaus. Ich hockte mich auf den Rand des Bürgersteiges und vergrub meinen Kopf unter meinen Händen. Niemand wollte sich um mich kümmern. Ich fiel auf den harten Asphalt und verlor mein Bewusstsein.

Aufgewacht bin ich erst im grellen Licht der Notaufnahme. Um mich herum waren alle möglichen Leute hektisch zugange. „Immer diese Scheiß-Nazis", sagte der Arzt, der mich behandelte. „Das war kein Nazi, denken sie nicht, ich wäre einer, nur weil ich Deutscher bin", stammelte ich mit meinem verquollenen Mund. „Haben Sie keine Angst, das ist vorbei. Die Glatzen, wie bei ihnen, die gibt es bei uns nicht. Das sieht mir schon aus, als ob es ein Nazi gewesen wäre".

Ich wollte nicht mehr lange darüber nachdenken und schloss die Augen. Außer ein paar Rippen, die angeknackst waren, war ohnehin nicht viel kaputt gegangen.

Direkt neben mir saß ein blondes Mädchen. Als sie sah, dass ich meine Augen aufmachte, drehte sie sich zu mir und streichelte meine Hand.

- Was hast du nur angestellt, fragte sie mich. Sie hatte mich halbverreckt auf der Straße gefunden und hergebracht. Ich hatte nur einen Gedanken, ich wollte weg aus dem Krankenhaus. Also schaute ich dem Mädel in die Augen und sagte,
- Hör mal, ich muss hier weg, mein Mitbewohner wird sich um mich sorgen, wenn ich nicht bald bei ihm auftauche
- Da hab ich aber was dagegen, du musst dich ausruhen.

Doch mein Kontra ist schon jeher stark gewesen. So bin ich, zusammengeflickt wie ich war, aus dem Krankenhaus raus und habe mir eine Bushaltestelle gesucht. Das Mädchen kam hinter mir her.

- Übrigens, ich bin Martina
- Danke, dass du mich ins Hospital gebracht hast, Martina, aber ich muss jetzt echt heim, sagte ich zu ihr.
- Willst du nicht lieber mit zu mir

Da wurde ich hellhörig. Sie hatte mich gerettet und jetzt bot sie mir auch noch an, zu ihr nach

Hause zu kommen. So eine Chance durfte ich mir natürlich nicht entgehen lassen. Eine neue Beziehung oder eben nur Sex sind wahrscheinlich gut, um über Sara hinwegzukommen, dachte ich mir.

Sie wohnte direkt in der Stadt, in einer netten Neubauwohnung. So richtig hatte sie keine Sitzgelegenheit. Da stand lediglich ein winziger Hocker und ein kleiner Couchtisch. Eigentlich füllte ihr Bett den Raum fast aus. Sie setzte sich drauf, ich ließ meinen geschundenen Körper auf dem Hocker nieder. Sie legte Musik auf und erzählte mir, dass sie aus Hamburg stamme. Doch nachdem ihre Mutter gestorben war, hatte sie ihre Siebensachen gepackt und war nach Irland abgehauen, wo sie jetzt als Kellnerin in Nachtclubs ihr Geld verdiente. Sie redete ununterbrochen. Davon, dass sie ihren Vater nie gekannt habe, dass sie sich hier immer noch fremd fühlt und niemanden hat und dass sie ständig an Geldknappheit leidet. Es schien, als wolle sie gar nicht mehr aufhören zu sprechen. Ich konnte ihr ehrlich gesagt nicht ganz folgen, doch ich sagte immer an den passenden Stellen Aha und Ach so und das schien ihr wohl zu genügen. Ich mochte sie. Sie sah wirklich gut aus. Sie lächelte mich unentwegt an und ich fühlte mich gut dabei. Wenngleich sie nicht gerade die Hellste war, doch das kümmerte mich nun wirklich einen Dreck. Vielleicht lag es an dem Alkohol oder an was auch immer, aber ich fragte sie, ob sie nicht Lust zu tanzen hätte. Sie willigte ein. Eigentlich tat mir alles weh, doch als ich ihren Körper fühlte, dachte ich nicht mehr an meine Schmerzen. Sie roch verdammt gut. Leicht nach Schweiß, aber dennoch nicht unangenehm. Ich liebte ihren Geruch sofort. Ich führte meinen Mund an ihren. Erst wehrte sie mich noch ein bisschen ab, aber bald schon ließ sie mich machen. Wir küssten uns. Ich dachte rein gar nichts mehr. Ich legte sie auf ihr Bett und mich obendrauf. Nachdem ich ihre Hose ausgezogen hatte stöhnte sie mir ins Ohr.

- Popp mich so richtig durch!

Kein Gedanke mehr an Sara oder Schmerzen oder sonstwas. Es war auch nicht so wie mit der Hure am Hafen. Ich war nicht müde. Ich dachte, dass ich alle bösen Geister durch diesen Fick aus mir austreiben konnte.

Ich erwachte als erstes am nächsten Morgen. Ich ging in ihre kleine Küche und brühte Kaffee auf. Während ich auf das Blubbern der Kaffeemaschine wartete, versuchte ich über den vergangenen Tag und die Nacht nachzudenken. Es wollte mir nicht so recht gelingen. Was war nur mit meinem Hirn los? Ich konnte mich auf gar nichts mehr konzentrieren. Dann kam sie auch schon aus ihrem Bett gekrochen und blinzelte mich an. Sie sagte erstmal nichts und wartete, bis ich ihr Kaffee eingoss. Dann fing sie wieder an zu plappern. Aber ich blickte sie an und es war mir egal. Wie lange ich denn bleiben würde, wollte sie wissen. Ich sagte, gib mir deine Nummer und ich ruf dich wieder an. Ich muss zu Paul. Bleib doch, bat sie mich. Also blieb ich. Sie war wirklich ein aufgewecktes Mädchen. Während wir frühstückten, fragte sie mich mitten ins Blaue hinein.

- Soll ich dir einen blasen
- Ja, ok, wenn du willst, sagte ich und wartete.

Sie tat es nicht, aber allein ihre Frage hatte mich so heiß gemacht, dass ich sie sofort wieder im Bett haben wollte. Da blieben wir dann auch die meiste Zeit der folgenden Tage. Am vierten Tag fing ich an, sie mit Sara zu vergleichen. Ich sagte natürlich nichts, aber ich dachte so Sachen wie, jetzt putzt sie sich die Zähne wie Sara, jetzt lächelt sie wie Sara und so weiter und so fort. Da wusste ich, es ist Zeit wieder nach Hause zu gehen.

- Martina, ich muss mal wieder zu Paul, er wird sich sicher schon Sorgen machen
- Kann ich nicht mit, fragte sie
- Doch, kannste

- Denk nicht, ich wär in dich verliebt oder so, aber ich habe doch niemanden.
- Was willst du dann von mir?
- Wir können uns doch einfach gegenseitig die Zeit vertreiben. Du hast doch auch niemanden auf dieser Insel.
- Na, jetzt komm erstmal mit und dann werden wir schon weitersehen.

Wir wanderten also zu meinem und Pauls Haus. Paul war gerade dabei die Fenster der Kneipe zu öffnen, als wir ankamen. Er staunte nicht schlecht.
- Belz, ich hab mir schon Sorgen gemacht, aber ich sehe, du bist in guten Händen.
- Ich war die letzte Woche bei Martina
- Was ist mit deinem Gesicht
- Ach, das hatte ich schon wieder vergessen. Hab ein paar aufs Maul gekriegt. Wie läufts mit der Kneipe
- Kann nicht klagen, wir hatten jeden Abend volles Haus. Heute Abend tritt sogar eine Band auf. Wird mir sogar ein bisschen zu viel. Du solltest auch mal was tun, sagte er zu mir. Doch da sprang Martina für mich in die Bresche
- Ich könnte euch doch helfen. Ich hab Erfahrungen in Bars
Paul war einverstanden.

In den kommenden Wochen wich mir Martina nicht mehr von der Seite. Ich konnte nicht mal ein vernünftiges Gespräch mit Paul führen. Ständig war sie bei mir. Das war eigentlich ganz ok für mich, so dachte ich kaum noch an Sara.

Doch nach knapp einem Monat wurde es mir zu viel. Die Sache mit Martina fing allmählich an, mir auf die Nerven zu gehen. Ständig war sie da. Beteuerte aber immer wieder, dass sie keine Gefühle für mich habe. Andererseits war es genau das, was ich brauchte. Ich dachte nicht mehr allzu oft an Sara. Doch was mir am meisten auf den Sack ging, war, dass sie mir in einer Tour erzählte, für wen sie gerade wieder schwärmte. Ich wusste nicht, wo ich bei ihr dran war. Wie sie sich verhielt und das, was sie sagte, waren einfach zwei paar Stiefel. Ich fragte mich, ob sie das alles nur tat, um mich eifersüchtig zu machen, was ich ohne Frage war. Doch eigentlich machte sie sich, glaube ich, keine großen Gedanken darüber, wie ihre Worte auf mich wirken könnten. Paul warnte mich mehrmals vor ihr.

- Pass auf Belz, sie ist nicht die richtige für dich. Du hast doch ein nettes Mädchen verdient und nicht so eine, die schon so viele Männer gehabt hat und weiterhin hat.
- Ich weiß, aber irgendwie genieß ich es auch. Ich liebe es, mit ihr zu bumsen.

- Du weißt, dass sie dich nicht gerade aus deiner Lethargie herausreißt.
- Das ist wahrscheinlich wahr.
- Du darfst nicht in der Vergangenheit leben. Nur die Zukunft kannst du ändern. Deine Gegenwart musst du genießen. Soll heißen, du müsstest einen Haken unter die Sache mit Sara setzen, mit Martina Schluss machen und dir endlich eine Frau suchen, die zu dir passt.

Und tatsächlich: Paul hatte recht. Wir waren jetzt schon einige Wochen in Irland. Ich tat nichts mehr als schlafen, saufen und mit Martina ins Bett gehen. Es war nur logisch, dass ich mir irgendwann einen Job suchen müsste. Zumal ich ständig von Pauls Geld lebte. Der sagte aber, dass ich mir deswegen keine Sorgen machen muss. Schließlich habe er mehr als genug davon.

Mein Roman kam nicht gut voran. Kein Wunder, da mein Leben ebenso eintönig verlief. Was sollte ich da schon zu erzählen haben. Doch immerhin hatte ich ein paar Kurzgeschichten zustande gekriegt. Die hatte ich einigen Zeitungen in Deutschland angeboten. Eine hatte sogar zugesagt, meine Storys zu veröffentlichen. So kam ich wenigstens zu ein paar Münzen. Ich kam zum Schluss, dass es so nicht weitergehen kann. Ich musste wieder Boden unter die Füße bekommen, wieder mit mir selber klarkommen. So sehr mich Martina einerseits auch nervte, ich war doch total auf sie fixiert. Ich machte mir was vor. Es gab nur eine Lösung. Ich durfte sie nicht mehr wiedersehen, musste mich vollständig von ihr fernhalten.

Außerdem erzählte mir Fredo, ein Typ der häufiger in unserer Bar verkehrte, dass er Martina neulich nach einer Party heimgefahren hatte. Sie saß auf der Rückbank, sternhagelvoll. An ihrer Seite saß ein besoffener Mann, der sie ständig angrapschte. Zwar habe sie sich zuerst noch gegen seine Annäherungsversuche gewehrt. Aber als die drei in Fredos Wohnung noch was tranken, hatte sie mit dem Typ auf dem Sofa rumgeknutscht. Fredo ist dann ins Bett und wusste nicht mehr, was in seinem Wohnzimmer passiert ist.

Ein Grund mehr für mich, Martina mitzuteilen, dass es mit uns aus sei und ich sie nicht mehr sehen will. Doch das war leichter gesagt als getan. Obwohl wir eigentlich getrennt waren, suchte sie immer wieder meine Nähe. Jeden zweiten Tat stand sie vor unserer Tür und wollte da sein. Nicht mal Sex war es, was sie suchte. Wenngleich wir es ab und an taten. Sie war schlicht einsam. Ich wünschte mir, dass es mir nichts ausmachte. Doch es schmerzte mich. Ich kam nicht damit klar, dass sie so war wie sie war. Sex war für sie etwas, dass sie mit nahezu jedem machen konnte. Für mich war es irgendwie was Heiliges. Wobei sich hier die Dualität des Menschen zeigte. Denn ich war es, der in den Puff ging und selbst Sara fast untreu geworden war. Es war nur zum Kopfschütteln.

Immer wenn Martina da war, flammten meine Gefühle von neuem auf. Ich war schon ein Trottel. Seit es mit uns offiziell aus war, hatten sich bei mir Gefühle für sie entwickelt. Das wirkte sich tödlich auf mich aus. Denn ihre Seitensprünge, wenn man das in diesem Zusammenhang so nennen kann, verletzten mich sehr. Wobei ich mir auch einredete, dass das, was sie mir alles erzählte nicht viel mehr als heiße Luft war.

Ein Traum sollte alles ändern. Ich sah Sara. Ihr Gesicht war in einem dichten Nebel gehüllt. Ihre Augen blitzten. Sie lächelte und schwang sich auf ein Fahrrad. Dann verlor sich ihre Erscheinung. Es war eigentlich kein Traum, mehr eine Vision. Ich wusste, ich würde sie wiedersehen und alles würde gut werden. Ich war mir sicher, es war keine Hoffnung, es war Gewissheit. Am Morgen fühlte ich mich glänzend und ausgeruht, wie seit langem nicht mehr. Was waren das doch für gute Zeiten mit ihr gewesen. Zwar trank ich auch damals schon viel, doch beileibe war ich nicht so versumpft, wie es nun mit Martina der Fall war. Durch den Traum hatte ich auf eine besondere Art und Weise das Gefühl, dass ich Sara wiedersehen würde und dass sie auch noch an mich dachte. Es würde wieder besser werden. Sie wartete irgendwo auf mich. Ich hatte wieder Antrieb.

Um meinem versumpften Leben zu entfliehen, hatte ich beschlossen, als Gerüstbauer zu arbeiten. Es war ein harter Job. In den ersten Wochen verlor ich sechs Kilo. Aber ich war zufriedener als zuvor. Abends fiel ich müde ins Bett und schlummerte sofort ein. An den Wochenenden setzte ich mich an den Schreibtisch und arbeitete an meinem Roman. Endlich tat sich was. Ich konnte schreiben, es floss aus mir heraus.

Zum ersten Mal seit langem sah ich wieder Sinn in meinem Dasein. Martina war immer noch da, wie gehabt. Doch es juckte mich immer weniger, wenn sie von anderen Männern und ihren Vorzügen sprach. Ich beschloss, Pauls Rat zu berücksichtigen und nur noch den Moment der Gegenwart zu genießen.

Bis zu dem Abend vor meinem zwanzigsten Geburtstag lief alles mehr oder weniger bestens. Ich hatte an meinem Roman mittlerweile so an die 120 Seiten hingekriegt. Ich saß in der Dunkelheit vor meinem Schirm und döste schon mehr als ich wach war. Martina war in der Stadt und wollte eigentlich gegen elf zurück sein. Doch es war schon halb zwölf und sie war immer noch nicht da. Ich machte mir schon ein paar Sorgen, ein wenig weibliche Gesellschaft hätte mir sicher gutgetan. Ich ging zum Kühlschrank, um einen Schluck zu trinken. Da hörte ich Martina zur Tür meines Zimmers reinkommen. Ich sah, wie sie sich im Halbdunkel auszog. Ich kippte das Glas runter und ging auf sie zu. Froh war ich, dass sie endlich gekommen war. „Lass mich in Ruhe, ich hatte heute schon genug Sex", sagte sie. Das gab mir den Rest. Ich war völlig vor den Kopf gestoßen, obwohl ich einiges von ihr gewöhnt war. Ich zerrte sie zur Tür und schmiss sie raus. Niemand hatte das verdient, so behandelt zu werden. Es war überwiegend eine gute Zeit mit Martina, aber das war wirklich zu viel.

Lass mich wieder rein, brüllte sie. Doch da hatte ich ihr schon die Tür vor der Nase zugeschlagen. Ich dachte gar nicht daran, sie wieder reinzulassen. Sollte sie doch sehen, wo sie bleibt. Das war mir scheißegal, was aus ihr wurde. Sollte sie doch zu ihrer Wohnung laufen und die gute Stunde dazu nutzen, darüber nachzudenken, was sie eigentlich für ein Widerling war.

Am Morgen meines Geburtstages wachte ich gegen Mittag auf und hatte absolut keine Lust auf Feiern. Ich hatte nur einen Drang. Ich wollte Sara anrufen. Also griff ich mir das Telefon.

- Hallo Sara. Ich wollte dich mal wieder sprechen
- Tag Hans. Schön, dass du anrufst. Alles Gute zum Geburtstag
- Du, ich dachte, ich komm dich mal besuchen
- Meinetwegen, hab nichts dagegen. Ich hab mich wieder beruhigt.
- Das ist schön. Weißt du, ich muss hier mal für ne Zeit weg.
- Bist mir immer willkommen, Belz

Ich machte mich sofort auf zum Flughafen. Ich war aufgeregt und erwartungsfroh, Sara wieder zu sehen.

12. ABSCHNITT

Ich war an einem kühlen Herbstmorgen in Melbourne gelandet. Die ersten Blätter fielen von den Bäumen. Ich schaute mich um und hatte das Gefühl, nicht das kriegen zu können, für das ich gekommen war. Sara würde mich nicht mehr zurücknehmen. Das war nicht ihre Art. Ich schnappte mir ein Taxi und fuhr zum Studentenwohnheim, in dem sie sich ein Zimmer gemietet hatte. Es war ein Haus aus den Siebziger-Jahren, mit einer Front aus Milchglas. Ich fühlte mich gleich wohl darin. Ihre Mitbewohner waren sympathische und offene junge Leute. Ich konnte nachvollziehen, wie sich Sara hier fühlen musste. Hier bekam sie, was sie immer wollte. Eine unbeschreibliche Freiheit. Weit weg von der Heimat, weit weg leider auch von mir. Als ich sie im Türrahmen sah, war es, als hätte sie mir erst gestern Auf Wiedersehen gesagt. Meine Gefühle überrumpelten mich. Ich fühlte mich unsicher und wusste nicht, wie ich mich verhalten sollte. Unschlüssig stand ich da. Sie nahm mir die Entscheidung ab, indem sie mir ihren Arm um die Schulter legte und mich fest an sich drückte. Es kribbelte in meinem ganzen Körper.

- Hallo Hans, ich hab ganz vergessen, wie gut du riechst
- Ach Sara, ich hab dich so vermisst. Es tut mir leid, wie unser Abschied verlaufen ist
Sie gab mir einen kleinen Stups auf die Nase und sagte:
- Das ist doch Schnee von gestern. Schön, dass du da bist.

In Saras Nähe fühlte ich mich wie ein Versager. Ich hatte rumgehurt und gesoffen. Sie lebte in einer anderen Welt, in einer besseren. In meinem Kopf hatte sich ein Haufen Scheiße eingenistet. Sie studierte und strahlte aus ihrem Inneren. Ich war ständig müde und erschöpft. Sie sprühte über vor Energie.

- Du hast wohl einen sehr unsteten Lebenswandel, meinte sie
- Ja, das kann man wohl sagen. Aber sieht man mir das schon an?
- Nun, deine deine Augen haben an Glanz verloren. Sie sind so trüb. Außerdem rauchst du zu viel.

Wir setzen uns an ihren Küchentisch und tranken einen Kaffee. Ich erzählte ihr von der Geschichte mit Martina. Sie wirkte entsetzt.

- Dass du dich auf so eine Frau eingelassen hast!
- Nachdem du mich verlassen hattest war ich so einsam, ich hätte jede genommen.
- Aber solch eine Person macht dich doch krank. Du bist mir zu schade für solch eine Geschichte, du bist doch nicht nur so ein beschissener Notnagel. Verkauf dich nicht unter Wert.
- Ich hab sie ja jetzt auch zum Teufel gejagt
- Wollen wir hoffen, dass sie das akzeptieren kann.

- Sara, was meinst du? Haben wir beide noch eine Chance?
- Belz, schlag dir das aus dem Kopf. Wie soll das gehen? Du lebst in Irland und ich hier. Und wir haben doch beide so langsam wieder angefangen unseren Alltag in den Griff zu bekommen.

Ich schaute auf den Boden. Sie war natürlich voll im Recht. Schon allein die Idee, um den halben Globus zu ihr zu fliegen, war nicht die beste. Ich konnte mir schon heute vorstellen, wie ich zuhause wieder tagelang nur an sie denken konnte. Ohne ausreichend Schlaf und Essen. Da war es einfach besser, nicht auch noch unsere alte Liebe wieder aufzuwärmen.

- Im Übrigen tut es mir leid, dass ich mich am Telefon so dumm verhalten habe.
- Dein Brief war irgendwie auch nicht gerade der Stil, den ich von dir gewohnt war.
- Ich war überfordert. Es tut mir leid, dass du darunter leiden musstest. Eins ist aber doch klar: Du bist meine erste Liebe. Und die wirst du auch immer bleiben. Egal, was passiert.

Sie wollte mir über den Kopf streicheln. Doch ich drehte mich weg.

- Mach es mir nicht noch schwerer.
- Liebst du mich noch, wollte sie wissen.

- Sara, ich weiß es nicht. Ich denke schon. Ich glaube sogar, dass ich dich immer lieben würde. Und wenn du eines Tages mit einer Rose vor meiner Tür stehst, dann werde ich, wann auch immer, für dich da sein. Ich kenne keine Frau, die mich so reizt wie du. Es ist nicht nur dein Körper oder dein Gesicht, nicht nur dein Geist oder deine Intelligenz, nicht nur dein Charme oder deine Liebenswürdigkeit. Es ist mehr. Du bist für mich bestimmt.
- Aber es ist vorbei, wenn ich dich auch immer noch sehr mag.
- Denk dran. Die Rose soll unser Geheimzeichen sein. Wenn du mit einer zu mir kommst, dann hast du dich für mich entschieden.
- Ich werde dran denken, wenn ich es mir anders überlegen sollte. Aber mach dir keine allzu großen Hoffnungen. Es ist allein wegen der Entfernung nicht möglich. Ich will nicht, dass du wegen mir leidest. Such dir doch eine nette Frau und vergess mich einfach. Lass uns Freunde bleiben.
- Ich will dich nicht bedrängen und muss deinen Entschluss akzeptieren.

Wir verhielten uns also freundschaftlich zueinander, beide dabei bedacht, nicht allzu viel Nähe aufkommen zu lassen. Besonders abends, wenn wir in ihrem Bett lagen, war das schwer.

Wobei das die schönsten Stunden des Tages für mich waren. Wir unterhielten uns bis die Sonne schon langsam wieder aufging. Und manchmal legte sie ihren Kopf an meine Schultern.

Was soll ich über die Zeit in Australien sagen? Die Stunden schmolzen dahin. Sara führte mich durch die Stadt, wo wir die Sehenswürdigkeiten besichtigten, wir schauten uns das Outback an und erlebten eine wunderbar leichte Zeit. Sara zeigte mir die Dünen am Strand. Der Sand war weiß und zart, über und über mit Grünzeug bewachsen. Es ging ein angenehmer Wind, der mir in die Jacke blies. Ich fühlte mich so frei, dass ich mich rücklings in den Sand fallen ließ und einen Jauchzer ausstieß. Sara lächelte mich an. Das Meer war so weit, die Luft so frisch. Vereinzelt gingen Liebespaare am Strand spazieren. Sara schlug ein Spiel vor. Sie nahm meinen Arm und führte mich am Strand entlang, ich musste die Augen geschlossen halten und versuchen, die Orientierung zu bewahren. Also schmiegte ich mich an sie, sagte nichts und atmete tief ein. Es war wie eine Meditation, so mit geschlossenen Augen am Strand zu gehen. Für meinen Körper war das die beste Kur. Das ganze Gift, das sich angesammelt hatte, wurde durch den Wind hinausgepfiffen. Das Verlangen nach Alkohol kam nicht auf. Ich war glücklich, erlebte die wohl beste

Zeit meines Lebens. Doch wenn ich eins gelernt hatte, dann, dass nichts ohne Ende ist. Auch diese Zeit würde vorbei gehen und dann war ich wieder auf meiner Insel. Allein und verloren. Diesen Gedanken erstickte ich aber stets im Keim. Noch hatte ich ein wenig Zeit. Wie gut es mir ging, zeigte sich auch darin, dass ich viel weniger rauchte. Frisch und ausgelassen genoss ich Saras Nähe. Es war, als hätte ich ein neues Leben angefangen. Die Woche war schon vorbei, als wir in eine Disco gingen. Kurz vor Mitternacht kamen wir in Saras Wohnung an. Am nächsten Nachmittag ging mein Flieger. Wir wollten noch mal so richtig auf den Putz hauen und tanzten, was das Zeugs hielt.

Als wir in ihr Zimmer kamen, waren wir vollkommen ausgelassen. Ich nahm ihre Jacke und drehte sie einmal um ihre Achse. Sie schwang einen Arm durch die Luft und hielt sich mit dem anderen an mir fest. Ich zog sie wieder an mich heran. Sie kreischte ein wenig. Wir legten einen kleinen Walzer aufs Parkett. Bei einer Drehung hatte ich sie aufs Bett geworfen. Unsere Köpfe waren jetzt sehr nah beieinander. Sie strahlte, eine Strähne fiel über ihr Gesicht.

- Hans, ich weiß nicht, ob das so gut ist. Wir sollten an unsere   Zukunft denken

Ich schwieg und grinste sie an, strich ihr mit der Hand übers Haar.

Denk nicht, dass wir noch eine Chance haben, sagte sie noch. Dann schwieg auch sie und wir schauten uns eine kleine Ewigkeit an. Dann näherte sich ihr Mund meinem. Ich schloss die Augen.

Als ich erwachte lag sie in meinem Arm, den Kopf in meinem Hals vergraben. Ich hörte sie schnell atmen. Wunderlich, ihr Atemrhythmus war schon immer etwas schneller als der meine. Ich löste mich sanft aus ihrer Umarmung, stand auf und trank einen Schluck Wasser. Mein Gesicht sah im Spiegel ein wenig aufgedunsen aus, unter den Augen dunkle Ringe. Ich fuhr mit beiden Händen über die Wangen und rieb mir die Augen. In wenigen Stunden saß ich wieder im Flugzeug und würde Sara nicht mehr sehen. Ich zwinkerte meinem Spiegelbild zu und flüsterte ihm zu, warte mal ab und ging in die Küche.

Mit Kaffee und Zigarette saß ich da, als ich es im Bett rascheln hörte. Ich hörte sie stöhnen: „Oh, mein Gott".

Mir war mulmig. Sie kam rein und schaute penetrant an mir vorbei. Man konnte ihr ansehen, dass ihr nicht recht war, was letzte Nacht passiert war. Sie setzte sich mir schweigend gegenüber und schüttelte ein wenig ihr Haar. Nach einer Weile fragte ich, ob sie einen Kaffee wolle. Sie nickte. Es war eine peinliche Situation. Ich hielt es nicht lange aus, so dazusitzen und verkroch mich in ihr Zimmer. Der Koffer war schnell gepackt. Zuhause entdeckte ich, dass ich in der Eile wohl versehentlich ein Paar Socken von ihr eingesteckt haben musste. Ich überlegte, ob ich's ihr wiedergeben sollte. Ich behielt es als Erinnerung. Jedenfalls ging ich mit meinem Gepäck zu ihr in die Küche.

- Sara, das war die schönste Woche in meinem Leben
    - Oh Belz, jammerte sie.
- Brauchst nichts zu sagen. Ich werd es nicht verkomplizieren.
- Ok
- Soll ich Paul Grüße von dir ausrichten?
- Tu das. Ich begleite dich zum Airport.

Der Bus fuhr. Wir saßen nebeneinander. Sie drückte meine Hand, während der ganzen Fahrt. Kein Wort fiel. Es kam mir vor, als ob es sowieso keine passenden Wörter in diesem Moment geben könnte. Ein wenig schnürte sich mir der Hals zu. Ich sagte mir in Gedanken immer wieder. „Denk nur an die Gegenwart. Das ist alles, was zählt".

Und wieder einmal verlor ich Sara an einem Flughafen. Diesmal verschwand mein Gesicht in der Passkontrolle. Sara stand still, eine Hand hielt sie in die Höhe. In ihrem Gesicht konnte ich keine Regung erkennen. Es wirkte versteinert, ihr ganzer Körper wirkte irreal steif. Mir flossen die Tränen die Backen runter, kaum bekam ich Luft. Mir war wieder nach einem Whiskey. Ich überlegte, wie es wohl werden würde, ob Martina wieder rumnerven würde, ob ich wieder saufen würde. Nein, solch ein Leben wollte ich nicht mehr. Ich würde mir einen Job suchen, aber keinen wie den als Gerüstbauer. Karriere. Geld. Glück.

13. ABSCHNITT

Ich hatte die Schnauze voll von Frauen, endgültig. Im Endeffekt brach man sich immer wieder das Herz. Was blieb war ein fahles Gefühl. Das war es nicht wert. Ich fasste den festen Vorsatz, mein Leben zu ändern. Zu lange war ich den Frauen hinterhergetrottelt wie ein Hund. Zudem hatten sie mich immer ebenso behandelt. Ich verliebte mich, gab mein Herz und sie trampelten darauf rum. Das musste anders werden. Ich wollte nur noch arbeiten. Mich nicht mehr um die Weiber kümmern. Weg vom trüben Trott. Ich wollte mich nicht weiter kaputt machen lassen. Mein Leben musste eine andere Richtung einschlagen. Ich wusste zwar noch nicht genau, wie das gehen sollte, doch ich war fester Überzeugung, es umsetzen zu wollen. So konnte es wirklich nicht mehr weiter gehen. Nur manchmal dachte ich noch an Sara. Die guten Stunden waren es, an die ich mich erinnerte, die ich nie vergessen werde. Mit ihr war alles anders. Würde sie mit mir leben wollen, ja dann wäre alles einfacher. Aber so?

Und manchmal war ich auch kurz davor, Martina wieder anzurufen. Diesen Impuls konnte ich Gott sei Dank immer noch rechtzeitig unterdrücken. Mir war klar, dass sie früher oder später ohnehin wieder vor meiner Tür stehen würde. Da musste es nicht sein, dass ich bei ihr zu Kreuze kroch. Sie würde sich ohnehin nicht richtig freuen. Sie würde das ganze als Triumph feiern. Sie war die größte Schlampe, die ich jemals kennen gelernt habe.

Ich wollte mir nichts vormachen. Geld konnte ich mit meiner Schreiberei nicht verdienen. Mein Glück war, dass Paul mich so uneigennützig unterstützte. Um nichts brauchte ich mir Sorgen machen. Sogar mit Essen versorgte er mich. Martina hatte mich mal gefragt, ob Paul nicht doch schwul sei und mich insgeheim begehre, weil er so viel für mich tat. So ein Schwachsinn konnte auch nur Martinas pornophilem Gehirn entspringen. Bei ihr hatte immer alles mit Sex zu tun. Paul war mein bester und einziger Freund. Und, ich hatte ihn dann doch mal gefragt, wie es jetzt mit seiner Sexualität stehe. Er sagte, dass er sich nun sicher sei, Hetero zu sein. Zwischen uns war eine Art Liebe, wie sie Frauen wie Martina nie verstehen werden. Nun denn, ich legte meine Berufspläne jedenfalls vorerst ad Acta und widmete mich ganz meinem Buch. Meine Tage verbrachte ich in meinem Zimmer und arbeitete, dabei soff ich den Kaffee literweise. Ich vermied es, so gut es ging, meine Erlebnisse mit Sara einfließen zu lassen. Wenngleich ich beim Schreiben stets Saras Socken trug, die ich unter meinem Bett gefunden hatte. Ich wollte sie einfach nahe bei mir haben. In der Kneipe musste ich kaum helfen. Obwohl das ab und zu vorkam. Dann erst roch ich, welchen Gestank der Tabak hinterließ.

Durch Pauls Unterstützung hatte ich genug Zeit für meine Geschichte. Sie füllte meinen Kopf bis zum Rand. Oft genug wachte ich nachts auf und setzte mich an den Schreibtisch, zum Schlafen war ich dann zu aufgewühlt. Gegen sechs in der Früh machte ich meist das erste Bier auf, so dass ich mich mittags wieder hinlegen konnte.

Es waren schon mehrere Wochen vergangen und Martina war nicht aufgetaucht. Eigentlich ein

Grund, froh zu sein. Irgendwo fühlte ich mich dennoch gekränkt. Sie war tatsächlich kühler als ich vermutet hatte. Wahrscheinlich hatte sie genug Männer zur Verfügung. Ich mochte diesen Gedanken nicht. Irgendwo in mir drin war doch eine gewisse Zuneigung zu dieser Person entstanden.

Es wurde ein ruhiges Jahr. Nichts passierte groß. Die Kneipe lief. Paul hatte einen Glückstreffer gelandet. Wir hatten nicht nur ein paar Stammgäste, der Laden brummte regelrecht, besonders an den Wochenenden. Zweimal die Woche trat eine Band aus der Umgebung auf. Ich kriegte davon nicht allzu viel mit, verbarrikadierte mich in meinem Zimmer. Die Story floss. Ich schrieb so, als sei ich Jack Kerouac. Ich haute in die Tasten. Ich suchte Schlaf bis drei, um sechs stand ich auf und ging hinunter zu Pauls Laden und holte mir drei, vier Flaschen Bier. Während ich schrieb, soff ich sie, dann legte ich mich wieder hin und schlief ein paar Stunden.

An manchen Tagen war ich immer noch wie blockiert. Die meiste Zeit jedoch war ich klar und fühlte mich wohl. Oft saß ich tagelang nur am Strand und schaute den Wellen zu. Besonders gern hatte ich die Regentage, wenn mir der Wind fast die Haut vom Gesicht riss. Ich hatte endlich das ausgeglichene Leben, das ich mir gewünscht hatte. Ich hatte das gefunden, was mich ausfüllt. Ich lebte meinen Traum. Irland hatte mich aufgenommen. Es gab keinen Verkehrslärm, nur der Wind pfiff sein Lied. Das Bier floss reichlich meinen Rachen hinunter. Und ich konnte endlich arbeiten. Die Luft roch nach frisch gemähtem Gras und Erntezeit. Es war ein Sommer wie aus dem Katalog.

Seit ich aus Australien zurück war kam keine Frau mehr in meine Nähe – und es ging mir nicht schlecht damit. Was tun wir nicht alles, um nicht allein zu sein? Ich war enttäuscht von den Frauen. Sie schienen alle so berechnend zu sein. Mir kam es so vor, als ob, entgegen der weit verbreiteten Meinung, nicht Frauen, sondern Männer über mehr Gefühle verfügen. Frauen, so war meine Erkenntnis, bestimmen, mit wem sie zusammen sein wollen und auch wie lang. Wir Männer sind nur passive Lebewesen, die warten müssen, bis sich die nächste für uns erbarmt. Von der Evolution zum Abwarten verdammt. Wobei wir immer meinen, wir würden bestimmen. Doch das ist nicht wahr.

Wenn ich in meinem Zimmer in die Tasten haute, kamen mir solche Gedanken nicht. Ich zauberte ein reines und unverbrauchtes Bild der Welt. Eine Bühne für gute Seelen, für liebevolle

Frauen und zuvorkommende Männer. Verrat und Gemeinheiten sollte es in meiner Geschichte nicht geben. Sie war so weltfremd. Und gerade deshalb so anmutig und schön. Keine Zeile des Buches entstand nüchtern. Ich berichtete von einem, der sich auf sein Motorrad schwingt und die Welt erkundet, der unter freiem Himmel schläft und den Menschen, die er trifft, hilft. Und natürlich suchte er die Liebe. Fand sie auch. Die Krisen, die er hat, meistert er mir links. Es war eine märchenhafte Geschichte. In Tradition der Gebrüder Grimm. Wenn sie nicht gestorben sind... Es gab keine One-Night-Stands, keine Huren und keinen Suff.

So verging die Zeit. Schon näherte sich Weihnachten, mein Manuskript war fast fertig. Paul war ganz begeistert von meinem Buch. Er liebte meinen reinen Blick auf die Dinge, der doch irgendwie nicht meiner war. Es war der Blickwinkel meiner Träume. Es passierte das, was mir hätte zustoßen können, wenn mich meine Eltern nicht ins Internat gesteckt hätten. Doch die Verlage schienen nicht besonders interessiert zu sein. Das gab mir zu denken. Ich zweifelte schon an meinen Fähigkeiten. Wer sollte sich auch für Sara und mein Geschreibsel interessieren. Ich hatte die Hoffnung aufgegeben, noch veröffentlicht zu werden. Ich versuchte mir einzureden, dass ich das

Buch in erster Linie nur für mich selber geschrieben hatte. Dass es schon gut war, dass es fertig war. Da machte ich mir was vor. Ich hatte es bitter nötig, einen guten Verlag zu finden. Das Geld reichte hinten und vorne nicht. Meine Zuflucht: Natürlich der gute alte Alkohol. Mit der Zeit hatte ich mich mit allen Säufern in unserem Pub angefreundet. Es waren einfache, aber doch gute Menschen. Meine Klassenkameraden hätten sie bestimmt nicht beachtet oder gar für asozial gehalten. Aber was war ich? Jedenfalls lernte ich mit der Zeit, schlichte Gemüter zu lieben. Diesen Menschen musste man nichts vorspielen. Und vor allem: Man konnte gut mit ihnen saufen. Hier brauchte ich mich nicht zu profilieren und konnte ganz ich selber sein. Hier konnte ich mein Gehirn ausschalten, was ich doch so gerne tat. Schweigen kam mir nicht peinlich vor. Und nachdem sich die Worte im vergangenen Jahr nur so in meinem Hirn angesammelt hatten, war das genau das, was ich brauchte. Wie auch immer. Ich hatte schließlich doch noch Glück mit meinem Buch. Ich bekam meinen Vertrag. Nicht nur das, die Verkaufszahlen konnten sich wahrlich sehen lassen. Das war eine unglaubliche Bestätigung.

Die meisten Kritiken, die ich bekam, waren ganz wohlwollend. Endlich hatte ich auch mein eigenes Geld und war nicht mehr auf Paul angewiesen.

Zum Zurückzahlen meiner kompletten Schulden reichte das Honorar dann aber doch nicht. Paul war geduldig wie immer. Er könne bis zum nächsten Buch warten. Ich konnte mir zwar nicht vorstellen, wie ich noch mal so eine Story zu Papier bringen sollte. Doch Paul sagte, ich müsse mich erst mal entspannen. Warten, bis mich die Muse wieder küsst.

- Jetzt musst du dranbleiben, jetzt wo dich die Leser mögen musst du schnell ein zweites Buch auf den Markt werfen, sagte er.
- Ich weiß nicht. Ich fühle mich so ausgebrannt seit das Buch fertig ist. Ich weiß gar nicht mehr, wie ich meine Tage rumkriegen soll.
- Du kannst mir ja vorerst in der Kneipe zur Hand gehen. Bis dir was Neues einfällt. Wie wärs, wenn du was über Sara schreibst.
- Das ist noch zu frisch, das kann ich nicht vermarkten
- Ach komm, der Scheiß ist doch über ein Jahr her. Manchmal bist du echt eine Mimose.
- Ich lass es mir mal durch den Kopf gehen.

Ich nahm vorerst Pauls Angebot an und half im Pub mit. Da gab es einiges zu tun. Ich stand meist hinter der Holztheke und füllte die Gläser. Man könne es den Gästen nicht zumuten, dass ich mit meinem dann doch ab und an missmutigen Gesicht die Getränke liefere, meinte Paul. Ein hübscher Nebeneffekt meiner Arbeit war, dass ich ständig am Zapfhahn war, um mir ein frisches Bier einzulassen.

Die Wochen vergingen. Und am Weihnachtstag geschah das, was ich immer erwartet hatte. Martina stapfte ins Pub.

- Hallo, darf ich diese heiligen Hallen betreten? Sie strahlte eine unheimliche Lockerheit aus. Ich war sprachlos. Gerade war ich dabei, ein Bier zu zapfen. Das Glas lief über.
- Was ist los, Belz? So überrascht mich zu sehen? Sie lachte laut auf. So langsam bekam ich meine Fassung wieder. Ich nahm nochmals tief Luft und sagte dann, so locker wie möglich.
- Was treibt dich denn hier her?
- Nun, ich war schon so lang nicht mehr da. Wollte mal nach meinem Schatzi sehen.
- Verarsch mich nicht.
- Wer wird denn so nachtragend sein. Komm, gib mir ein Bier.
- Ich weiß nich...
- Belz, komm schon. Was macht dein Buch?
- Ist fertig, kam auch ganz gut an.

Ich machte ihr also ein Dunkles. Sie setzte sich an den Tresen und strahlte mich an. Einen gewissen Sexappeal konnte ihr gewiss niemand absprechen. Doch ich hatte keine Lust, mich wieder von ihr missbrauchen zu lassen. Umso länger ich sie anschaute, desto blöder kam mir dieser Vorsatz vor. Sie redete, wie früher, so viel auf einmal, dass ich nicht mitkam. Ich stand hinter meinem Tresen und alle Schmach, die sie mir angetan hatte, war vergessen. Ich blickte in ihre Augen und geriet ins Träumen. Ihr Duft wabberte zu mir herüber. Ich war fast von Sinnen. Nicht, dass ich sie geliebt hätte wie Sara. Nicht auf so eine angenehme und saubere Art. Es war das pure Verlangen, das in mir pulsierte. Meine Emotionen waren am Überkochen. Aber wie Tom Waits singt: „Du bist unschuldig, wenn du träumst. Es ist so ein trauriges, altes Gefühl".

Sie blieb sitzen bis wir die Spelunke zumachten. Sie fragte nicht lang, sie hakte sich bei mir ein und wir gingen gemeinsam zu meinem Zimmer.

Es war eine regnerische Nacht. Der Himmel war dunkelgrau und wolkenverhangen. Nur am Horizont, dicht über dem Meer, stach Licht durch den düsteren Himmel. Ich stand unbeweglich am Balkonfenster und blickte hinaus in die Ferne, die Arme vor der Brust verschränkt. Martina schnarchte leise. Das Holz des Hauses knarrte vor sich hin. Ich war nicht in der Lage, zur Ruhe zu kommen. Es war schon kurz vor vier. Ich hielt es nicht mehr aus, so vor dem Fenster zu stehen und sinnlos hinauszustarren. Ich ging zu Pauls Zimmer und weckte ihn auf, indem ich ihm auf die Schulter tippte. Er war nicht böse. Er guckte mich lediglich etwas verstört an.

- Was is'n Belz? Kannste nicht pennen?
- Wie wärs denn, wenn du nochmal aufstehst und wir zusammen einen kleinen trinken?
- Na, meinetwegen, sagte er mit leiser Stimme, und stieg aus dem Bett.

Wir schnappten uns eine Flasche Wodka und pflanzten uns in eine Ecke der Kneipe. Wir steckten uns jeder erstmal eine Kippe an. Paul rieb sich die Augen. Mir war nicht mal groß nach reden, ich wollte einfach ein wenig Gesellschaft. Eine Weile saßen wir einfach so da und pafften im Licht einer Kerze vor uns hin. Wir hatten schon zwei Gläser getrunken als Paul mir seine Hand auf meine legte.

- Du machst mir Sorgen. Geht's dir wegen Martina mies?
- Ich stand wie unter einem Bann. Ich konnte nicht anders. Ich musste einfach mit ihr ins Bett. Ich war nicht in der Lage, die Konsequenzen abzuschätzen.
- Gut, aber so schlimm ist es jetzt auch nicht, meinte Paul.
- Wahrscheinlich wird sie mir wieder auf der Pelle kleben und mich total verrückt machen.

- Dann schick sie morgen einfach wieder weg. Du bist ihr doch keine Erklärung schuldig. Du weißt, wie sie denkt. Es bedeutet ihr nichts, mit dir Sex gehabt zu haben.

Ich konnte Paul nur zustimmen. Doch es gab noch etwas anders, was mich plagte. Ich war nicht bereit, es Paul zu sagen.

- Vielleicht kann Martina ja die Leere in mir ausfüllen, meinte ich.
- Das glaubste doch selber nicht, antwortete er.

Wir schwiegen wieder. Draußen ging ein starker Wind. Und wir waren warm und geborgen an unserem kleinen Ecktisch.

14. ABSCHNITT

Es wurde Zeit, dass ich wieder anfing, zu schreiben. Es ging mir auf die Nerven, ständig in der verrauchten Kneipe arbeiten zu müssen. Sara sollte im Mittelpunkt meines neuen Buches stehen. Die Zeit war reif dafür. Gut ein Jahr hatte ich sie nicht mehr gesehen. Doch in meinen Gedanken war sie mir so nah wie immer. Doch kaum, dass ich mich vor den Computer gesetzt hatte, musste ich mir eingestehen, dass ein Buch über sie gar nicht so einfach sein würde. Über kläglich gescheiterte

Versuche kam ich nicht hinaus. Es war wie an dem Tag, als ich sie das erste Mal sah. Tausend Wörter und keines passte, keines reichte, um sie zu beschreiben.

Dazuhin saß Martina in unserer Kneipe und ließ sich weder mit guten Worten noch mit bösen Blicken vertreiben. Sie war eiskalt und stur. Ich war aber auch einfach unfähig, meine Meinung richtig durchzusetzen. Sie behielt immer das letzte Wort. Sie machte mich krank. Doch ich hatte einen Trumpf im Ärmel. An Silvester wollte ich nach Deutschland fliegen. Mein Vater hatte mir eine Einladung geschickt. Ich hatte ihn so lange nicht gesehen, da gab es kein langes Überlegen, ich würde ihn besuchen und meine Mutter natürlich auch. Wenngleich es da ein kleines Problem gab. Die beiden hatten sich scheiden lassen. Mein Vater lebte immer noch in der Nähe von Düsseldorf, während meine Mutter sich mit ihrem neuen Macker in Hannover niedergelassen hatte. Also hatte ich einen Grund, Martina nach Hause zu schicken. Es waren zwar noch zwei Tage, bis ich aufbrechen würde, doch ich wollte sie nicht länger sehen.

- Martina, ich will schreiben, kannst du dich nicht anders beschäftigen?

- Ich stör dich doch nicht. Ich red mit Paul und abends komme ich dann hoch zu dir.
- Das geht so nicht. Du liebst mich doch eh nicht.
- Macht das was? Ich ficke immerhin mit dir.
- Ich möchte mich nicht in dich verlieben. Und Gefühle wachsen schnell bei mir, wenn du immer um mich rum bist.
- Stell dich doch nicht an wie ein Vorschüler.
- Außerdem fliege ich übermorgen heim zu meiner Familie
- Dann kann ich doch noch eine Nacht bleiben?
- Mir wär's lieber, du würdest sofort gehen.
- Nein. Ich bleibe.

Gegangen ist sie dann trotzdem. Ein Glück. Paul schlug vor, dass wir nochmal ausgehen sollten, bevor ich aufbräche. Das war mir ganz recht, zumal ich das „Projekt Sara" ohnehin erstmal auf Eis gelegt hatte. Von meiner Reise in die Heimat erhoffte ich mir Klarheit, wie es mit meinem Leben weitergehen sollte. Sicher war nur, so wie bisher konnte ich es nicht weitertreiben. Es war alles verfahren. Vielleicht hilft da ja ein bisschen deutsche Morgenluft, dachte ich mir. Doch zuvor stand noch unser Disco-Besuch an.

Es hätte schlimmer kommen können. Wir waren in einer kleinen, dunklen Disco. Das Interieur war ganz im Stil der Achtziger. Seit der Zeit hatte der Laden bestimmt keinen neuen Anstrich mehr bekommen. Wir, das waren Paul und ich, sowie zwei Mädchen, die Paul gefragt hatte, ob sie mit uns kommen würden. Corina und Debie. Corina machte ein Auslandssemester und war aus Karlsruhe. Wenn ich sah, wie Paul mit ihr sprach und sie dabei immer wieder wie nebenbei berührte, fragte ich mich, ob er sich nicht ein bisschen verliebt hatte. Ihr schien das auch ganz gut zu gefallen, sie wehrte sich kein bisschen gegen Pauls Annäherungsversuche. Ich war froh, dass Paul endlich ein Mädchen gefunden hatte, mit dem er sich verstand. Das hatte er bitter nötig. Seit wir auf der Insel waren hatte er nur wie ein Wilder gearbeitet und keinen Gedanken an Frauen verschwendet.

Debie hingegen zeigte keinerlei Interesse an mir. Mir stand der Sinn ohnehin nicht so richtig nach amourösen Abenteuern nach dem Stress mit Martina. Ich konnte ruhig auch mal ein paar Stunden nur rumsitzen, der Musik zuhören und die Leute bei ihrem Smalltalk beobachten. Das reichte mir vollkommen, um einigermaßen glücklich zu sein. Paul und Corina wurden mit vorrückender Stunde immer unzertrennlicher. Sie tanzten eng umschlungen. Dabei legte Paul seine Hand auf ihren Hintern. Ganz der Gentlemen, dachte ich mir. Denn er grabschte nicht aufdringlich, er legte seine Hand nur ganz seelenruhig auf ihren Allerwertesten und führte sie zum Takt der Musik.

Ich wollte an diesem Abend nichts trinken. Ich war in einer seltsamen Stimmung. Das hatte bereits am Morgen angefangen. Irgendetwas quälte mich. Nach dem Aufstehen hatte ich eine Art Todesahnung. Ich war mir bewusst wie nie zuvor, dass ich sterblich bin. Es war ein äußerst unangenehmes Gefühl. Ich fing an, mir wegen dem Zustand meines Verstandes Sorgen zu machen. Und es hatte sich im Laufe des Tages gezeigt, dass meine Stimmung nicht besser werden würde. Ich saß also mit Debie an einem Tisch und schaute Paul beim Stehblues zu. Ich hatte das Gefühl, dass Debie erwartet, dass ich mit ihr rede. Doch dazu hatte ich keine Lust. Was wollte sie? Ich trank immerhin nur Kaffee. Hin und wieder versuchte sie, eine Unterhaltung anzuleiern. Doch das Gespräch kam nicht so recht in Gang. In meinem Kopf war viel zu viel los, um Lust auf Reden zu haben.

Ich musste wieder an Sara denken. Meine Gedanken schweiften ab. Meilenweit. Es wurde ein sehr ruhiger Moment. Mittlerweile war ich 22. Jung genug, um noch jede Menge zu erreichen in meinem Leben. Doch ohne sie war alles sinnlos. Es war, als fehle das Salz an einem Gericht. Ich beschloss, sie gleich am nächsten Tag anzurufen. Zu lange hatte ich ihre Stimme nicht mehr gehört. Ich hatte immer noch nicht ganz realisiert, dass sie mich nicht mehr liebte. Ich kriegte sie nicht aus meinem Kopf raus. Manchmal ist das Leben gemein. Es war zum Kotzen. Ich war zwar an diesem Ort, aber nur rein körperlich. Mein Geist war ganz woanders. Wie unterschiedlich waren sich doch Sara und Martina. Bei Martina war ich immer nur der Notnagel. Derjenige, der herhalten musste, wenn sie niemand anderen fand. Das blöde war nur, dass ich mich immer wieder auf sie einließ. Obwohl ich wusste, dass mir das Zusammensein mit ihr nur schadete. Den Tag nachdem Martina weg war verbrachte ich eigentlich immer komplett im Bett. Bei Sara hingegen wusste ich immer, wo ich dran war. Sie war ehrlich und auch nicht so dumm wie Martina. Bei Sara fühlte ich mich geborgen, sicher und frei. Ich konnte mich immer noch an das Gefühl erinnern, das ich mit ihr zusammen hatte. So richtig abrufen und lebendig werden lassen konnte ich es aber nicht mehr. Doch das, was noch da war, war eine ganze Menge. Die Erinnerung wirkte wie eine Spritze mit Testosteron. Das vergilbte Foto von ihr und irgendeinem schwarzen Hund vor der norwegischen Küste, dem sie zärtlich den Kopf streichelte und dabei ihren Körper vortrefflich in die Kamera hielt.

Debie meinte was von wegen Schulbildung, so was in die Richtung, dass nicht jeder Depp aufs Gymnasium müsse. Wer handwerklich begabt sei, solle auch in seinen Talenten gefördert werden. Nach einer solchen Unterhaltung stand mir nun wirklich nicht der Sinn. Ich nickte ab und zu, wenn ich meinte, dass es angebracht wäre. Die meiste Zeit hörte ich ohnehin nicht zu, sondern hing meinen Gedanken nach. Amüsiert hab ich mich nicht durch ihre Nähe. Doch ein wenig erinnerte diese Debie an Sara. Ein Grund, sie doch ein wenig attraktiv zu finden.

Und wer weiß, dachte ich mir, vielleicht wirds ja noch was mit Debie. Meine Erfahrung mit den Frauen war, dass jede, selbst die in festen Bindungen, sich nach einer gewissen Portion Charme und Komplimenten gepaart mit dem nötigen Kampfgeist hingaben. Froh war ich über diese Erkenntnis nicht. Zeigte es doch, dass man sich nie auf eine Frau verlassen konnte. Jede würde fremd gehen, sobald nur der richtige Typ nachfragt. Bei Sara war das anders. Ihr konnte man in dieser Beziehung voll und ganz vertrauen. Bei Debie kam ich nicht voran. Mir fehlte an diesem Abend aber auch einfach der Charme. Ich dachte an die alte Nebelkrähe, die mich neulich im Bus derart geil angeschaut hatte, dass ich fast hätte kotzen können. Die Stunden neben Debie vergingen langsam. Die Luft war stickig. Nebel schoss immer wieder aus einer Düse in der Wand. Die Gäste waren ausgelassen, immer wieder konnte ich lautes Schreien und Kreischen hören. Es war schon was los in diesem Laden.

Paul war vollkommen ausgelassen. Er drehte Corina im Kreis und lachte dabei wie wild. Sie hatte sich wohl für ihn entschieden. Sie wirbelte voller Freude herum und schmiegte sich anschließend fest an Paul. Das sah wirklich gut aus, es gab mir frischen Mut, Paul so glücklich zu sehen.

- Sag mal Belz, sehr unterhaltsam bist du aber nicht. Hörst du mir überhaupt zu, machte mich Debie an.
Ich hatte echt nicht mehr mitbekommen, dass sie immer noch redete. Doch ich wollte nicht unhöflich sein.
- Sorry, ich war grad in Gedanken.
- Ja. Und, sag, was hältst du jetzt davon?
- Wovon, sagte ich.
Solche Augenblicke sind mir immer todpeinlich

- Na, dass Corina offensichtlich ganz in Paul verschossen ist.

- Find ich klasse. Und mit Paul macht sie auch ne gute Partie. Er ist der beste Freund, den man sich vorstellen kann.

- Ich bin mir da nicht so sicher. Ihr zwei Typen seid mir nicht ganz geheuer.

- Nun übertreib mal nicht. Was ist denn so schlimm an uns?

- Du bist immer betrunken und stierst oft vor dich hin und der andere verdient sein Geld mit Alkohol. Ihr schlaft den halben Tag. Ihr seit schon verlottert. Und das nicht nur wenig.

- Ach komm. Heute bin ich zum Beispiel nicht besoffen.

- Dein sauberer Freund wird Corina am nächsten Morgen bestimmt nicht mehr kennen. Es ist doch immer das gleiche.

- Das glaub ich nicht. Paul ist niemand, der sich so verhält. Er ist fleißig, ehrlich, nett, sieht gut aus und das beste: Er hat auch noch Geld. Also, wenn der nichts für sie ist, dann weiß ich auch nicht.

- Nun, ich werd die Sache auf jeden Fall genau im Auge behalten, sagte sie und warf mir einen Blick zu, dass es mir durch und durch ging.

Das kann ja noch heiter werden, dachte ich mir. Doch ich ließ mir nichts anmerken.

Wenn du tanzen willst..., versuchte ich ein paar Pluspunkte zu sammeln.

- Lass mal, von Kerlen wie dir habe ich echt die Schnauze voll, blaffte sie mich an.

Man, heute war echt nicht mein Tag. Doch gerade ihre Ruppigkeit war es, die mich anstachelte. Ich ließ nicht locker.

- Soll ich dir was zu trinken holen, um dich ein wenig aufzuheitern?

- Wenn's dir Spaß macht.

Ich kaufte ihr also eins von diesen widerlich süßen Alkopops und kam bester Stimmung zum Tisch zurück. Paul knutschte mittlerweile innig mit Corina in einer Ecke der Tanzfläche. Super, bei ihm schien ja alles zu klappen. Das zauberte mir ein entrücktes Lächeln auf meine Lippen. Ich konnte in diesem Moment förmlich die Harmonie spüren.

- Manchmal funktioniert es einfach, sagte ich.

- Was meinst du?

- Ich sagte, manchmal muss man sich nicht mal groß anstrengen. Da fallen einem die Sachen einfach so in den Schoß.

- Klar, das stimmt wohl.

Auf dem Weg zum Klo fing mich der Barkeeper ab. Er war schon einige Male bei uns im Pub gewesen. Er lud mich an die Bar ein. Ich setzte mich und er spendierte mir einen Whiskey. Das konnte ich nicht abschlagen. Genüsslich lehnte ich mich zurück. Der Abend war doch noch ein guter geworden. Was wollte ich mehr? Sara. Die anderen konnten nur eine Nebenrolle spielen, mich bestimmt einen kurzen Moment lang glücklich machen. Die Leere in mir konnten sie nicht ausfüllen.

Beds are burning dröhnte aus den Boxen. So ein alternder Gassenhauer passte ganz gut in diesen Laden. Ich ließ die Hüften ein wenig zur Musik kreisen. Mir brach der Schweiß aus, mein Herz pochte wie wild. Der Whiskey ließ mir das Blut in den Kopf steigen, ich vergaß die Zigarette, die ich beim Tanzen in der Hand hielt. Und dann kam auch Debie doch noch zum Tanzen und schenkte mir ein gequältes, breites Lächeln. Ich spürte genau, dass sie mich so abstoßend nicht fand. Ich würde meine Chance bekommen. Wenigstens ein wenig Knutschen war bei dieser Frau bestimmt drin. Ich näherte mich ihr vorsichtig und versuchte, meine Hände um Debies Hüfte zu legen. Sie stieß mich weg.

- Du Popanz, was glaubst du eigentlich, wer ich bin? Du solltest endlich einsehen, dass du bei mir keine Chance hast.

Mehr als drei Versuche startete ich nicht. Sonst würde ich noch als notgeil abgestempelt werden.

- Brauchst gar nicht zu denken, dass ich jetzt, wo meine Freundin einen abgekriegt hat, auch mein,

ich müsste einen mit nach Hause nehmen, meinte sie.
- Aber woher denn. So würde ich dich nie einschätzen, sagte ich.

Doch genau so war es. Sie wollte Corina nicht nachstehen. Das war meine Chance. Ich musste nur den richtigen Moment abpassen, dann würde alles wie von selbst gehen. Ich hatte schon wieder das Gefühl, dass mein Hirn aus Brei besteht, damit einher ging meistens, dass mir kotzschlecht wurde. Das konnte aber auch an den Zigaretten liegen. Mir fiel ein, was Büchner geschrieben hatte. "Mein Kopf ist ein leerer Tanzsaal... Mein Leben gähnt mich an wie ein großer Bogen weißes Papier, den ich vollschreiben soll und mir fällt kein einziger Buchstabe ein." Das Licht der Disco ging an und es lief ein langsames Klavierstück. Zeit zu gehen. Paul und Corina standen immer noch in ihrer Ecke und hatten wohl gar nicht mitbekommen, dass alles hell erleuchtet war. Ich tippte Paul auf die Schulter.

- Komm Alter, wir müssen
Seine Iris schimmerte, seine Augen hüpften nervös hin und her.

Später auf dem Heimweg saßen wir alle vier auf der Rückbank des Taxis. Debbie war müde. Sie lag mit dem Kopf auf meinem Schoß. Ich wusste nicht warum, ich beugte mich zu ihrem Kopf hinunter und wir küssten uns innig, ich saugte an ihr und sie an mir. Von ihrem Freund erzählte sie plötzlich nichts mehr.

15. ABSCHNITT – EINSCHUB

Weihnachten lag nun hinter uns. Eine kleine Tanne hatten wir in der Kneipe aufgestellt, kitschig geschmückt. Hier saß ich am Abend vor meinem Abflug nach Deutschland und blickte sinnentleert vor mich hin. Ich war ein wenig unruhig, wie es werden würde, meinen Vater wieder zu sehen. Ich war gespannt, ob wir uns noch verstehen würden, nach all der Zeit in der Fremde. Um mich ein wenig abzulenken, fing ich an, eine Weihnachtsgeschichte zu schreiben.

FREMDE IN DER NACHT

Sie lagen eng umschlungen. Ihr Kleines schlummerte sanft. Er hoffte inbrünstig auf Sex mit seiner Angetrauten. Sie streichelte sanft seinen Rücken. Seine Schenkel waren umschlungen von ihren. Er schaute zu ihrem Gesicht. Maria hatte die Augen geschlossen. Ihr Mund war leicht geöffnet. Sie hatten seit Wochen und Wochen ihre Liebe nicht mehr körperlich manifestiert. Josef traute sich nicht, es anzusprechen. Er fragte seine Frau nur, ob sie müde sei. Ein gehauchtes Ja drang zu seinen Ohren. Mehr wollte er nicht in sie eindringen. Lag es an ihrem Sohn? Seit er auf der Welt war, wollte sie nicht mehr mit ihm schlafen. Auch die Monate zuvor hatte sie nie richtig Lust. Und dann die Geschichte, die sie ihm über die Zeugung ihres Kindes erzählt hatte. Er, Josef, sei nicht der Vater des Kleinen. Aber er solle sich keine Sorgen um ihre Treue machen. Sie sei ihm nicht fremd gegangen. Alles sei rechtens, sie könne es ihm jetzt nicht genauer erklären. Josef nahm es hin. Er wusste, wen er geheiratet hatte. Maria hatte einen gewissen Ruf. Das störte ihn nicht weiter. Er war ging mittlerweile stetig auf die 60 zu und mehr als froh, überhaupt noch eine Frau gefunden zu haben. Und dann solch eine bildhübsche wie Maria. Mit ihrem schwarzen Haar, ihrer zarten Haut und ihrem gazellengleichen Gang erregte sie schon einiges an Aufsehen. Er nahm es hin, dass es seiner jungen Frau hin und wieder nach einem jungen Körper gelüstete. Sie hatte ihm gesagt, dass das alles nichts bedeute. Sie sagte, dass sie ihn liebe. Er hatte keinen Grund, an ihren Worten zu zweifeln. Aber er fragte sich schon, warum sie keinen Sex mehr mit ihm wollte. Er löste sich aus ihrer Umarmung. Maria ließ ihn widerwillig gehen. Sie brabbelte etwas, dass er nicht verstand. Er setzte sich zur Wiege seines Sohnes. Er überlegte. Wegen des Geldes konnte sie nicht bei ihm sein. Sie hatten nichts. Ihren Sohn musste Maria in der Scheune eines befreundeten Paares gebären. Dort wohnten die beiden. Josef arbeitet hart, um seine Frau zu ernähren. Sie war es, die von ihrer Familie einiges an Geld erwarten konnte. Sie hatte ihm gesagt, sie sei für ihn bestimmt. Er sagte, sie sei seine große Liebe, auf die er 50 Jahre gewartet habe. Sie senkte ihren Kopf dabei und meinte leise, fast schon traurig: „Du bist mein Schicksal". Die Szene wollte Josef nicht aus dem Kopf. Er flüsterte es und blickte dabei seinen Sohn an: „Du bist mein Schicksal". Der Kleine drehte sich im Schlaf, Josef sah ein sanftes Lächeln auf seinem Gesicht. Sein Sohn sah ihm nicht ähnlich. Er hatte das Lächeln, das er manchmal an Maria beobachtet hatte, sie hatte es, wenn sie einen Orgasmus hatte oder sich besonders über ein kleines Geschenk von ihrem Mann freute. Der Kleine schaute ununterbrochen so verklärt. Josef streichelte seinen Kopf. Es war ihm egal, dass er nicht der Erzeuger war. Es war sein Sohn. Es wunderte ihn nur, dass ihn Maria für so naiv hielt, dass sie glaubte, er nehme es ihr ab, dass sie nicht fremdgegangen war. Sie schien für ihren Teil fest an die Geschichte zu glauben. Er hatte es nie mehr angesprochen nachdem sie es ihm gesagt hatte. „Du bist was ganz Besonderes", sagte er zu seinem Kind. Es schien von innen heraus zu leuchten. Er machte sich keine Sorgen um seinen Sohn. Er würde sich immer durchschlagen, wenn er seinen Charme und seine Ausstrahlung behalten würde. Der Mond schien hell durch das Dach der Hütte – das Licht ließ das Gesicht seines Kindes noch mehr strahlen. Es hatte etwas Heiliges an sich. Fern von den Wirrungen der Welt. Gern hätte er einmal den Mann gesehen, der dieses Kind produziert hatte. Und er fragte sich, warum Maria mit solch einem, offensichtlich außerordentlich hübschen Mann nicht zusammenblieb, sondern weiterhin mit ihm, dem alten, armen Mann verweilte. Seine Frau riss ihn aus seinen Gedanken. „Josef, komm ins Bett, mir ist kalt." Er schlug sich auf die Schenkel und stand auf. Vor dem Bett zog er sich sein Gewand aus. Maria strahlte ihn an und hob die Decke, so dass er sich darunterlegen konnte. Josef genoss die Wärme seiner Frau. Und wurde dieser Sex nicht ohnehin ständig überbewertet? „Maria, willst du nicht mit mir schlafen". Sie antwortete lange nicht. Er dachte schon, sie sei eingeschlafen. „Ich habe meine Tage", antwortete sie. „Aber doch nicht monatelang", schoss es ihm durch den Kopf. Doch er sagte es nicht. Stattdessen schaute er sich seinen Bauch an. Die Haut war schon etwas faltig. Er hatte keine Wampe. Aber die Haut hing trotzdem schlaff an seinem Fleisch. Josef wurde traurig. „Es ist, weil ich so alt bin, richtig". Maria streichelte seinen Kopf. „Nein, du dummer, dummer Mann. Ich habe mich ganz Gott gewidmet. Mein Körper soll vorerst keinem Mann mehr gehören". Josef dachte, dass das dann doch dem Fass den Boden ausschlägt. „Da lässt sie sich von irgendjemand ein Balg andrehen, vögelt wahrscheinlich jede zweite Nacht auswärts mit jedem Mann in dieser Stadt und dann so was", dachte sich der Alte. Doch er schaute seine schöne, junge Frau nur schweigsam an. „Du glaubst mir nicht, oder", meinte sie. „Für wie dumm hältst du mich eigentlich", schoss es aus Josef heraus. Er war ein genügsamer Mann, nie aufbrausend, immer verständnisvoll. Aber in dieser Nacht schlug er einen neuen Ton an. Maria schaute verunsichert. „Entschuldige, es tut mir leid", hauchte er und wollte Maria in den Arm nehmen. Sie wand sich aus seinen Armen und drehte ihm den Rücken zu. „Du musst mir glauben, ich habe mich geändert, die Vergangenheit liegt hinter uns und ich gehöre zu dir". Sie schluckte hörbar und wischte sich die Augen. Josef legte seinen Arm um sie, streichelte ihre Schulter. Sie schmiegte sich an ihn. So lagen sie wieder, Arm in Arm, eng beieinander. Josef fand keinen Schlaf. Seine Frau atmete ruhig und gleichmäßig. Er konnte nichts mehr verstehen. Seine Gedanken drehten sich im Kreis. Er spielte mit dem Gedanken, fremd zu gehen. Magda aus der Nachbarschaft hatte schon lange ein Auge auf ihn geworfen. Er malte sich aus, wie es mit ihr sein würde und wurde immer erregter. Die Geilheit befiel jede Sehne seines schlaffen Körpers. Maria drehte sich im Schlaf, schlug die Augen auf und sah ihm in die Augen. Er fühlte sich plötzlich leer und beschämt. Maria fasste sein Gesicht mit einer Hand an: „Josef, du schläfst ja gar nicht.". Und dann nach einer Weile, in der er schwieg: „Ich liebe dich über alles und brauche dich, genau wie unser Kleiner. Du wirst ihm ein guter Vater sein, das weiß ich." Ihm kamen die Tränen. Sie schossen aus seinen Augen. „Ich weiß gar nichts mehr. Ich weiß nicht mehr, wo ich dran bin und was ich denken soll". Er konnte aus seiner Frau nicht mehr schlau werden. Sie war ihm fremd geworden. Und doch war sie ihm so nah in dieser Nacht, wie selten zuvor. Bevor sie wieder sanft in den Schlaf glitt, schaute sie ihn fest an und beteuerte erneut, dass er der einzige Mann in ihrem Leben ist und bleiben wird. Er spürte ihren Hintern an seinem als er sich zum Einschlafen auf die andere Seite drehte. Er fragte sich, wie seine Beziehung zu Maria sich weiter entwickeln sollte. Harte Zeiten standen ihnen bevor. Er hatte gehört, dass die Politiker zur Geburtenkontrolle beschlossen hatten, alle neugeborenen, männlichen Kinder töten zu lassen. Und wenn dann seine Frau nicht mehr zu ihm hielt, was sollte dann aus dem Kleinen werden. Josef verging fast vor Gram. Plötzlich kam ihm eine Eingebung: „Sorge dich nicht um den nächsten Tag, der heutige hat schon Plage genug". Dieser

Gedanke beruhigte ihn. Der Kleine brauchte seine ganze Kraft, da konnte er sich nicht von diesen Kleinigkeiten ablenken lassen. Josef betete für Jesus.

Ich stellte mir vor, wie mein Vater mich als kleines Kind sanft in den Schlaf gewiegt hatte. Diese Zeiten waren lange vorbei. Heute waren wir uns fremd geworden. Wir hatten in all der Zeit, die ich in Irland war, nur einmal miteinander telefoniert. Morgen würde ich ihm wieder die Hand schütteln.

16. ABSCHNITT

Es war ein Schock, meinen Vater wieder zu sehen. Er war alt geworden und sah obendrein richtig mies aus. So als hätte er die letzten drei Nächte durchgesoffen. Sein Haar war zerzaust, seine Wangen eingefallen. Die Augen lagen tief in den Höhlen. Hallo Junge, sagte er und streckte mir müde seine Rechte entgegen.

- Sag mal, was ist denn mit dir los, fragte ich entgeistert.
- Ach, das ist eine lange Geschichte. Möchtest du einen Likör?
- Warum nicht.

Als wir uns gesetzt hatten, erzählte er mir, was passiert war. Nach der Scheidung ließ er sich vollkommen gehen und soff immer mehr. So viel, dass er schließlich seinen Job verlor.

- Jetzt sitz ich meistens nur noch hier im Haus herum und warte, bis es Abend wird, sagte er.
- Hast du nicht versucht, eine neue Frau zu finden?
- Dazu bin ich nicht in der Lage. Und habe auch keine Lust.
- Mensch, und du könntest dich auch mal wieder rasieren.
- Für wen denn? Ich komm hier eh kaum raus.

Es boten sich nicht gerade die besten Voraussetzungen für einen gelungen Silvester-Abend. Mein Vater bestand darauf, dass wir beide zu zweit zuhause feiern sollten. Er sperrte sich vehement gegen meinen Vorschlag, einfach irgendwo ein Fest zu suchen. Dann würde er sich nicht wohl fühlen, meinte er. Nun denn. So blieben wir also im Wohnzimmer und taten uns an der Hausbar gütlich. Ich habe meinen Vater noch nie so viel an einem Stück reden hören wie an diesem Abend. Er sprach ununterbrochen, zumeist von meiner Mutter. Mir war es fast schon zu viel. Ich sagte nicht gerade viel. Das störte meinen Vater nicht, er genoss einfach, dass ihm mal wieder jemand zuhörte. Er gestikulierte, legte die Stirn in

Falten, verzog das Gesicht, lachte und redete und redete. Ab und an flossen ihm auch ein paar Tränen aus den Augen. Dann legte ich ihm sanft die Hand auf den Oberarm und versuchte, ihn zu trösten. Anscheinend hatten wir beide, Vater und Sohn, dasselbe Schicksal mit den Frauen. Wir dachten beide, wir hätten den sicheren Hafen erreicht und mussten dann feststellen, dass uns der Wind aufs offene Meer hinausgetrieben hatte. Ich wusste nicht, wie ich ihn aufbauen sollte, ich fühlte nur tiefes Mitleid mit ihm. Wir soffen in einem atemberaubenden Tempo. Gegen zehn Uhr waren wir schon voll wie zwei Haubizen. Es lief die Musik meines Vaters: Schlager der übelsten Sorte. Ich wollte mich nicht beschweren.

- Deine Mutter hat meine Musik auch nie gemocht. Ich seh doch, dass es dir nicht gefällt. Wir können auch was anderes anhören.
- Nein, ich kann das gut ertragen, wenn es auch nicht ganz mein Geschmack ist, gab ich ihm zur Antwort.
- Meistens sitz ich da und bin in Gedanken. Dann seh ich sie vor mir. Ich warte jeden Tag, dass sie wieder kommt. Wir haben uns geliebt.
- Irgendwann tut es nicht mehr weh, Papa.

Ob ich das glauben sollte, wusste ich selber nicht. Ich wollte ihm einfach ein bisschen Mut machen. Wenn ich schon kaum über Sara hinwegkam, wie sollte dann mein Vater meine Mutter abhaken können. Sie waren immerhin über viele Jahre hinweg zusammen. Wie lang sie genau verheiratet waren, wusste ich nicht mal, wollte aber auch nicht danach fragen.

- Und wie läufts bei dir?, fragte er mich.
- Ich kann mich nicht beklagen, Irland gefällt mir gut. Ich fühl mich wohl.
- Hast du denn eine Freundin?

Da sieht man mal, was der Alkohol bewirken kann. Mein Vater hatte noch nie mit mir über Frauen geredet. Eigentlich konnte ich mich überhaupt nicht erinnern, dass wir uns jemals groß unterhalten hatten. Und jetzt war ich kurz davor, ihm von meiner Fickerei mit Martina zu erzählen und von meinen Affären und von Sara. Ich schwieg aber zumindest lang genug, dass mein Vater wieder nachhakte.

- Hans, ich weiß, ich hab mich in all den Jahren nie groß um dich gekümmert. Aber du bist doch mein Sohn, mein einziger, du bedeutest mir viel. Und jetzt bist du erwachsen und ich merke, dass ich dich kaum kenne.

Ich stellte fest, dass mir diese Nähe unheimlich vorkam. Ich versuchte, mich an meine Kindheit zu erinnern. Was ich da zusammen mit meinem Vater unternommen hatte. Mir wollte nichts einfallen. Zwar kannte ich Bilder, auf denen wir beide lachend zu sehen waren wie wir zusammenhockten. Doch das war alles so lange her, dass es kaum noch wahr war. Ich schenkte mir nochmals das Glas voll und trank es in einem Zug. Ich dachte mir, dass es wohl nie zu spät für ein echtes Gespräch zwischen Vater und Sohn ist.

- Momentan habe ich eine Frau, die mir aber eigentlich nicht viel bedeutet.
- Das kann nicht gut gehen.
- Tut es auch nicht. Aber ihr Körper lockt mich immer wieder.
- Das kenne ich aus meiner Jugend auch. Da kann man sich das aber auch ruhig noch erlauben. Irgendwann findest du die Frau, die du wirklich liebst, so wie ich deine Mutter.
- Aber die Frau, die ich liebe, brauche ich nicht mehr zu suchen. Ich hab sie schon gefunden. Nur sie lebt jetzt in Australien und hat sich von mir getrennt.
- Das tut mir leid für dich, sagte er und goss die Gläser wieder voll.
- Auf die Frauen, fügte er an.

- Die das größte Mysterium sind, dass uns Männern seit Anbeginn der Zeiten Rätsel aufgibt, meinte ich wohl ein wenig zu laut. Mein Vater lallte auch schon ein bisschen. Doch wir verstanden uns prima. Ich glaube, so nah wie an diesem Abend waren wir uns noch nie. Und dann zeigte mir der Teufel Alkohol eine weitere Seite von ihm, die ich nicht kannte.
- Sollen wir denn glauben, was die uns einreden wollen? Die Politiker, die Fernsehmacher und die Nachrichtenredakteure. Die wollen uns doch alle klein halten. Die wollen, dass unser Hirn sich langsam zersetzt. Was zählt, das sind doch die kleinen Alltagsfreuden. Eine Frau, eine Familie, ein guter Job und genug Geld. Das ist wichtig. Bedeutung hat, was uns ein Gefühl gibt, dass wir leben. Was geht mich an, was die in Berlin oder Brüssel entscheiden. Das ist doch alles für den Arsch.
- So ist das. Ich hab oft das Gefühl, mein Kopf ist leer. Am besten geht's mir, wenn ich am Meer sitze und mein Hirn vom Wind durchpusten lasse.
- Mein Junge.

Er machte einen unbeholfenen Versuch, mich zu umarmen. Wir waren schon zwei traurige Gestalten.

In der Zwischenzeit war es schon fast Mitternacht. Wir schwankten vor die Türe. Die Nachbarn standen alle vor ihren Häusern rum, Sektgläser in der Hand. Wir hatten Kirschschnaps und zwei Weingläser dabei. Dann ging die Schießerei los. Der Horizont leuchtete in allen möglichen Farben. Ich muss jedes Jahr aufs Neue an den Krieg denken, ich kann nicht anders. Ich stelle mir dann immer vor, dass das, was ich sehe, Flakfeuer ist und die Böller Schüsse. Alle fielen sich in die Arme und schrien, was die Lungen hergaben. Mein Vater und ich standen uns still gegenüber. Er füllte die Gläser zur Hälfte und wir schütteten das Gift in uns rein. Dann umarmten auch wir uns.

- Darauf, dass das kommende Jahr besser wird für uns beide, sagte er.
- Ein frohes neues Jahr, Papa.

Wir gingen zurück ins Wohnzimmer. Das neue Jahr ließ sich prächtig an. Ich saß in einem Sessel aus den Siebzigern und war mächtig besoffen. Ich spürte langsam, wie ich müde wurde. Doch ich sah nicht ein, schon schlafen zu gehen. Vater war jetzt schweigsam. Er saß kerzengrade auf seinem Sessel und fixierte einen Punkt auf dem Boden. Das Leben hatte ihn nicht gerade mit Samthandschuhen angefasst. Ein alter, gebrochener Mann, der betrunken auf den Boden starrt. Es war ein erschütternder Anblick.

Als ich erwachte, saß ich immer noch im Wohnzimmer. Mein Genick schmerzte, der Hals fühlte sich an wie ein Stück Stahl. Meine Zunge klebte am Gaumen und die Augenlieder waren schwer. Ich drehte meinen Kopf ein wenig nach rechts und blickte in die Küche. Dort stand schon mein Vater.

- Morgen mein Junge. Ich wollte dich gestern nicht mehr wecken. Du hast so selig geschlafen, rief er mir fröhlich zu.
- Klar. Sag mal, hast du mir Wasser und ne Aspirin.
- Sicher, ist alles da. Ich habe sogar schon Kaffee gekocht und ein kleines Frühstück vorbereitet.

Das was mein Vater unter einem Frühstück verstand war angeschimmelte Marmelade, hartes Brot und ein wenig schmierige Wurst. Mir stand – ohnehin vegan lebend – der Sinn nicht nach Nahrung. Mein Magen rebellierte, ich hatte das Gefühl, ich würde alles, was ich zu mir nehme, sofort wieder in die Kloschüssel spucken müssen. Im Prinzip fühlte ich mich so wie jeden ersten Januar seit ich erwachsen bin – verkatert bis zum dorthinaus. An meinem Vater war die Nacht anscheinend ohne Spuren zu hinterlassen vorbeigegangen. Er schäumte regelrecht über vor Tatendrang. Die ganze Depressivität vom Vorabend hatte sich in Luft aufgelöst.

- War doch recht schön gestern Abend. Ich fand es wunderbar, dass wir uns mal in Ruhe unterhalten konnten.
- Ja, find ich auch.
- Ich hoffe du bleibst noch ein paar Tage?
- Wollte eigentlich noch heute zu Mama weiterfahren.
- Dann bleib doch wenigstens bis Morgen. So wie du aussiehst, tut dir eine solche Reise heute auch gar nicht gut.
- Ok.

Ich brauchte vor allem nen starken Kaffee und eine Kippe, um diesem Tag ins Auge sehen zu können. Ich fragte mich, wie mein Vater das wegsteckte. Er war wirklich wie ausgewechselt, frisch geduscht und rasiert saß er mir gegenüber und schob sich entspannt sein Brot rein.
- Weißt du Junge, dein Besuch war genau das, was mir gefehlt hat. Diese ewige Einsamkeit kann einem Mann schon das Hirn zerfressen. Ich denke, ich werde mein Leben ab heute wieder in geregeltere Bahnen lenken.
- Das ist schön zu hören.

So langsam kam das Leben in mich zurückgeflossen. Es war ein gutes Gefühl, an dem Tisch zu sitzen, an dem ich während meiner ganzen Kindheit gegessen hatte. Es war alles noch genauso wie früher. Der grüne Linoleumboden, die weißen Einbauschränke, die Plastiktischdecke und die gelben Vorhänge aus grobem Stoff – das alles weckte vergessen geglaubte Erinnerungen. Nicht mal die Blümchentapete hatte mein Vater ersetzt, obwohl er sie selber immer mordsbeschissen fand. Nur meiner Mutter zuliebe hatte er sie anbringen lassen.

- Schön, mal wieder hier zu sein, sagte ich.
- Es freut mich auch, mein Junge, es freut mich auch.
- Tut mir verdammt leid, dass mit dir und Mama.
- Du brauchst mich nicht zu bemitleiden. Ich komme schon klar.
- Sah aber gestern ein wenig anders aus, Papa.
- Ich habe mich kurz hängen lassen. Aber das wird jetzt anders. Das kannst du mir glauben, Hans.

Wenn ich mir meinen Alten so anschaute, war ich sicher, dass er alles wieder auf die Reihe kriegen würde. Er sah fast so aus wie früher. Nur die grauen Schläfen zeigten, dass er eben älter geworden war. Seine Augen aber waren wieder voll Leben, die Haut hatte ihre Farbe wiedergewonnen.

- Nun, was sollen wir heute unternehmen, fragte er mich.
- Oh, von mir aus können wir den Tag vor der Glotze verbringen, meinte ich schlapp.
- Ach komm, wir sehen uns so selten. Wir sollten die wenigen gemeinsamen Stunden schon angemessen füllen. Wie wär's mit einem kleinen Spaziergang und anschließend gehen wir zum Affenhaus.
- Na, von mir aus.

Das Affenhaus. Hier hatte mein Vater meine Mutter kennen gelernt. Ob das so eine gute Idee war, ausgerechnet da hinzugehen? Aber wenn er es von sich aus vorschlug. Ich hatte nichts dagegen. Zuerst stapften wir aber am Dorfsportplatz vorbei in Richtung Wald. Mein Vater hatte vielleicht ein Tempo drauf. Unglaublich. Ich kam kaum hinterher. Es fiel Schneeregen. Nur ein bisschen zwar, aber es war wirklich nicht angenehm. Ich verbarg meinen schweren Kopf unter der Kapuze meines Parkas. Die Wiesen um uns herum sahen bräunlich-grün aus. Der Winter ist echt nicht meine Jahreszeit. Ein kalter Wind biss uns ins Gesicht.

- Weißt du, hier im Wald fühle ich mich noch am wohlsten, teilte mir mein Vater mit.
- Ja, ich finds auch ok. Nur das Wetter ist beschissen.
- Hier habe ich meine Ruhe. Ich gehe oft alleine spazieren – und das stundenlang. Dann kann ich auftanken und meinen Gedanken nachhängen.

Es ging einen ziemlich steilen Hügel hoch. Mein Vater stürmte voraus. Ich kämpfte mich hinter ihm her. Der Boden war schlammig, braune Blätter waren überall verstreut. Während ich schnaufte sprach er weiter.

- Ich werde mir wieder einen Job suchen. Es muss nicht mal was Anspruchsvolles sein. Ich möchte gar nicht mehr in meinem erlernten Beruf arbeiten. Irgendeine Beschäftigung werd ich mir besorgen. So, dass ich über ein wenig Geld verfüge und etwas zu tun habe.
- Hört sich gut an.
- Ja, und dann wird sich alles ändern. Stück für Stück geht es voran. Man muss auch Geduld haben.
- Ja.

Die nächsten drei Kilometer sprachen wir nichts mehr. Er marschierte mit auf dem Rücken verschränkten Armen stramm voraus. Ich schlenderte vor mich hin. Schon waren wir beim Affenhaus. Ich bedauerte diese Tiere.

- Diese Viecher sind uns ähnlicher als mir lieb ist. Wie sie stumpfsinnig auf einem Ast hocken oder sich am Arsch beschnuppern – sie haben einfach was Menschliches an sich. Eine Schande, dass man sie so einsperrt, murmelte ich vor mich hin.
- Weißt du eigentlich, dass ich deine Mutter hier zum ersten Mal geküsst habe?
- Ja Vater, das ist mir bekannt.

Er war schon wieder den Tränen nahe. Ich sah, wie es ihn förmlich schüttelte. Er hielt sich am Gitter fest, seine Beine sahen aus, als wären sie aus Pudding.

- Ein Freund sagte mir mal: Weiber sind's Grab – Ficken bringts, sagte ich und wunderte mich im selben Augenblick, dass ich das zu meinem Vater gesagt hatte.
- In deinem Alter, Junge, in deinem Alter, sagte er nur.

Keiner sprach mehr. Wir standen noch eine halbe Stunde vor dem Käfig mit den Affen, dann stiegen wir in den Bus und fuhren heim. Wortlos.

Am nächsten Tag klingelte ich schon bei meiner Mutter, in der Hand einen Blumenstrauß. Sie roch nach einem billigen Deo. Im Hintergrund sah ich schon Eckhard mit einer weißen Schürze bekleidet hin und her huschen.

- Schatz, schau mal wer hier ist, mein Hans, mein kleiner Hans, kreischte meine Mutter in den Raum.
- Hallo Mama, wie geht's?
- Prächtig, prächtig. Komm erstmal rein und leg deine Jacke ab. Eckhard zaubert uns ein leckeres Essen und er kann wirklich so was von gut kochen, nicht mein Hase, rief sie in Richtung Küche. Setz dich, setz dich, dann können wir uns unterhalten. Ich hab dein Buch noch nicht gelesen. Aber es soll ja soo spannend sein.
- Ich hab dir eins dabei.
Sie schob mich in den Wohnraum. Eckhard stürmte samt Kochlöffel auf mich zu und schüttelte mir wie wild die Hand.
- Schön dich kennen zu lernen Hans, ich darf dich doch Hans nennen? Ich finds toll, dass du uns besuchst. Ja, wirklich, aber ich will euch zwei mal allein lassen. Ihr habt euch sicher so viel zu erzählen.
Rasch verschwand er wieder in die Küche. Die beiden waren vielleicht Energiebündel, der zweite Frühling drang ihnen aus jeder Pore ihrer faltigen Haut. Die Einrichtung passte nicht zu dem, was ich für Mutters Geschmack hielt. Beigefarbenes Ledersofa, moderne Kunst an weißen Wänden,

einige Pflanzen, Ikea-Regale und ein heller Flockati.

- Weißt du, ich bin soo glücklich mit Eckhard. Ich fühle mich wieder so jung. Aber du, mein Kleiner, erzähl du, was hast du erlebt?
- Nun, das vergangene Jahr habe ich meist an meinem Buch gearbeitet.
- Und gibt es ein Mädchen, na?
- Nein. Aber Mutter, was mir viel mehr auf dem Herzen liegt. Weißt du, wie schlecht es Papa geht?
- Ach der alte Miesepeter. Ich habe ihn angerufen und ihm vorgeschlagen, dass wir uns treffen können. Als Freunde versteht sich. Das wollte er nicht. Er vergräbt sich halt lieber und jammert. Aber keine Angst, das geht vorbei.
- Habt ihr es wenigstens nochmal probiert?
- Wir haben es über 20 Jahre lang probiert. Ich konnte bei ihm schier nicht mehr atmen. Er ist so alt, so langweilig. Ich will doch was erleben. Ich habe keine Lust als Hausfrau auf dem Dorf langsam auf mein Ende zu warten, sagte sie in einem entschlossenen Tonfall.

Es war wirklich so, dass sie ein neues Leben angefangen hatte. Aber ich hatte mein eigenes und nicht die geringste Lust, mich auf irgendeine Seite zu schlagen. Wobei ich meinen Vater durchaus besser verstehen konnte. Er war es, der litt. Und dann dieser fürchterliche Eckhard. Er kam nie zur Ruhe, entweder rauschte er durch die Wohnung oder er kriegte seinen Mund nicht zu. Ständig wollte er wissen, ob ich den und den Autor kenne und was ich von seinen Büchern halte. Ich kannte nicht einen. Eins war mir gleich klar: lange würde ich es hier nicht aushalten. Ich zählte die Minuten bis zu meinem Abflug. Es war nicht mehr so wie früher. Schmerzlich wurde mir bewusst, dass ich kein Kind mehr war. Mein Blickwinkel auf die Dinge hatte sich geändert.

Was soll ich sagen? Auch dieser Tag ging vorbei. Wieder einmal Abschied am Flughafen und schon war ich wieder auf dem Weg zu meinem eigenen Leben.

17.ABSCHNITT

Der Wind blies scharf an diesem Morgen. Ich hatte keine Minute geschlafen. Am Abend war ich aus Deutschland zurückgekommen. Jetzt lag ich in meinem Zimmer und sah zu, wie der Tag anbrach. Tausend Gedanken schwirrten in meinem Kopf umher. Es war so, als führe mein Gehirn ein separates Dasein. Es arbeitete auf Hochtouren während ich einfach nur dalag und an die Decke starrte. Unbeweglich lag ich da, oft hatte ich sogar die Augen geschlossen. Nur der Schlaf, der wollte nicht kommen. Es war unrealistisch, was mich in diesen Stunden umtrieb. Ich träumte von Reichtum, von einem eigenen Haus und davon, was ich mir mit meinem Geld alles kaufen würde. In Wahrheit konnte ich mit den paar Kröten, die ich besaß, keinen großen Reibach machen. Alles, was ich hatte, verdankte ich nur Paul. Es war schlecht um mich bestellt. Draußen fing es an zu regnen. Das Wasser tröpfelte gegen die Scheibe. Ich beschloss, aufzustehen. Ich torkelte aus dem Bett. Mir fröstelte. Das Einzige, was mir vernünftig vorkam, war, wieder in die warmen Daunen zu schlüpfen und dort für den Rest des Tages zu bleiben. Ich hatte ohnehin nichts vor. Paul hatte nicht mal gemerkt, dass ich wieder da war. Er würde mich also nicht vermissen. Ich war wieder daheim. Und doch fremd. Ich kam mir irgendwie fehl am Platz vor. Ich fühlte mich, als stände ich allein in einem riesigen, verlassenen Stadion. Vollkommen ratlos, wie es weitergehen sollte. Brett vor dem Kopf, Karussell dahinter. Mir war alles zu viel. Doch wie sich herausstellen sollte, war der Besuch bei meinen Eltern ein Wendepunkt in meinem Leben. Doch in diesem Moment war mir das in keiner Weise bewusst. So legte ich mich wieder ins Bett. Es war dunkel als ich die Augen wieder aufschlug. Gedämpft drang Musik von unten zu mir herauf. Ich schlüpfte in meine Jeans. Es war nicht viel los im Pub. Vereinzelt saßen einige Leute herum. Paul lehnte lässig, mit Kippe im Mund, an der Theke. Er kam mit ausgebreiteten Armen auf mich zu. Er hielt mich prüfend eine Armlänge von sich entfernt fest und zeigte mir sein breitestes Lächeln.

- Hey Alter, schon zurück? Tut verdammt gut, dich wieder zu sehen. Wie war der Flug?
- Du weißt ja wie eng die scheiß Dinger gebaut sind. Kann froh sein, dass mir meine Beine nicht abgefault sind. Und erst der Fraß, den sie einem da vorsetzen.
- Jetzt erzähl schon. Wie wars? Hat das Wühlen an den Wurzeln was gebracht?
- War ganz ok. Meine Eltern sind halt ne Nummer für sich. Aber was will ich machen? Sind ja meine Eltern. Aber was mein weiteres Leben angeht, keine Ahnung, wie es weitergehen soll. Ist alles so vernebelt wie zuvor.
- Das sagt mir ein Bestseller-Autor?

Ich fand das nicht komisch. War jetzt auch noch Paul gegen mich? Ich rang mir ein Grinsen ab. Paul stellte mir schnell ein frisch Gezapftes hin. Ein Schluck – und das Glas war nur noch halbvoll.

- Hat sich eigentlich was mit dieser Studentin aus Karlruhe entwickelt?

- Wir waren zusammen essen. Sie war ein paar mal hier. Und, Paul sagte das mit einem triumphierenden Blick, man kann sagen, ja, Corina und ich sind zusammen.
- Mensch, das freut mich für dich. Was Ernstes, hä?
- So ernst wie so was nur sein kann.

Paul stützte sich lässig an die Bar und schaute mich mit seinem ‚Ich bin unbesiegbar' Blick an. Schon rief ihm wieder jemand zu, dass er ein Pint of Bitter wolle. Ich lehnte mich mit geschlossenen Augen zurück und versuchte nachzudenken. Alles in allem lief es ja ganz gut, dachte ich mir. Meine Geschichte abgedruckt, für Bier war immer gesorgt, der Sex kam auch nicht zu kurz und ab und an schien sogar die Sonne. Doch irgendwie war das nicht genug. Ich schaute mir die Gestalten in unserer Spelunke an. Die Blicke starr auf den Tisch oder an die Wand geheftet saßen ein paar Säufer schweigend herum. Ein Pärchen saß sich händchenhaltend gegenüber und verschlang sich mit Blicken. Im großen Ganzen nicht gerade ein erbauendes Bild, das sich mir da bot. Gut, es war beileibe nicht jeden Abend so. Wir hatten eigentlich ein angenehmes Publikum. Nur waren die netten Leute heute nicht da. Das konnte doch keine Umgebung sein, in der man leben kann. Ich musste hier weg. Wie ein Blitz durchzuckte mich dieser Gedanke. Ich trank mein Glas leer und nickte Paul zu, er solle mir nachfüllen.

- Sag, was hältst du davon, wenn ich mir ne eigene Bude suche?
- Was?
-

Paul schaute mich an. Sein Mund stand sogar ein wenig offen dabei. Er wirkte überrascht. Eine Weile blickte er mich stumm an, so als könne er nicht glauben, was er gehört hatte. Ich wiederholte mein Anliegen.

- Sieh mal, ich komm hier nicht voran. Ständig gibt es Gelegenheiten zum Bier trinken. Ständig feiern wir ein großes Fest. Ich würde gern nochmal schreiben, aber es geht nicht, zumindest nicht hier. Natürlich würde ich weiterhin dein treuester Stammkunde sein, ist doch klar, zwinkerte ich ihm zu.
- Wir sind doch zusammen hergekommen, wir sitzen doch im selben Boot. Du kannst doch jetzt nicht einfach abhauen und mich hier allein zurücklassen.
- Seit du ein batikhosentragender Schüler warst ist so viel Wasser ins Meer geflossen, dass es gar nicht mehr wahr ist. Du hast dir eine Existenz aufgebaut, du brauchst mich nicht

mehr. Im Gegenteil, ich liege dir nur auf der Tasche.
- Willst du mich beleidigen?
- Paul, sei doch nicht eingeschnappt. Ich denke nur, dass ich allein sein muss, um zu arbeiten. Ich denke, dass mir ein wenig finanzieller Druck guttut, um in die Pötte zu kommen. Außerdem würde ich dich doch nur stören, wenn du jetzt mit Corina enger zusammen sein willst.
- Das Haus ist nun echt groß genug.
- Paul, ich glaube, dass das am besten für mich wäre.
- Gut, ich kann dich nicht zwingen, hier zu bleiben. Aber du sollst wissen, dass du jederzeit wieder willkommen bist, wenn du wirklich gehen solltest.
- Paul, du bist mein einziger und mein bester Freund.

Wir nahmen uns in den Arm. Weit wollte ich auf keinen Fall von Paul weg. Ich würde auf jeden Fall in seiner Nähe bleiben. Nichts auf der Welt könnte mir meinen Paul ersetzen.

Statt nur in Erinnerungen zu leuchten und mein Verlangen zwar zu sehen, aber nicht umzusetzen, wollte ich vorwärtskommen. Am besten mit Sara. Die beste Frau, der ich je begegnet bin.

Wahrscheinlich war sie sowieso zu gut für mich. Was sollte ich machen? Es war einfach vorbei. Es wurde immer absurder. Es gab zu diesem Thema nichts mehr zu sagen. Die Zeit der Gespräche war schon lang vorbei. Sie war unwiederbringlich verloren. Ich wollte es nicht zugeben. Ich überlegte mir hunderte Male, wie ich sie dahin bringen könnte, mich zu lieben. Wieder zu lieben. Es konnte doch nicht sein, dass ich immer noch von ihr träumte und sie gar nicht mehr an mich dachte. Vielleicht war es doch Zeit, endlich ein Buch über meine einzige richtige Liebe zu schreiben.

Also schaute ich sofort die Wohnungsanzeigen durch. Es gab tatsächlich ein paar, die mir passend erschienen. Aus den Augenwinkeln sah ich, wie Paul mich nachdenklich musterte. Ihm gegenüber fühlte ich mich wie ein Betrüger und Verräter. Als ich überlegte, wie mein Leben so verlief, konnte ich nur zufrieden sein. Unterm Strich lief alles glatt. Ausgestiegen, Buch geschrieben, kein Finanzamt im Nacken, keine großen Sorgen... – war es die wahre Liebe, die fehlte? Was furchte den Graben in meiner Seele immer tiefer aus? Plötzlich kam ein Gefühl von unendlicher Einsamkeit in mir auf. Meine Ziele schienen mir unerreichbar, die Kraft nicht zu reichen.

- Na ja, ich muss es ja nicht überstürzen mit dem Ausziehen.
- Das hört sich doch bei weitem besser an, sagte Paul.
- Weißt du, ich muss über kurz oder lang einfach auf eigenen Füßen stehen.
- Aber du bist doch hier auch dein eigener Herr!

Ich kam nicht dazu ihm zu antworten. Ich stand mit dem Rücken zu Tür und fühlte den Windstoß. Gleichzeitig drang mir ein unverwechselbarer Geruch in die Nase. Ich musste mich mit beiden Händen am Tresen festhalten. Dieser Duft. Und als ich mich umdrehte war es wie ein wahr gewordener Traum. Sara stand im Türrahmen. Ihre schwarzen Haare fielen zu beiden Seiten gleichmäßig an ihren Schultern hinunter. Sie sah ein wenig müde aus. Ihr Mund war trocken, doch er lächelte. Ich konnte mich nicht von der Stelle bewegen. Wie in Zeitlupe sah ich sie auf mich zukommen. Schließlich standen wir uns gegenüber. Ich wusste nicht, was mit meinen Händen anstellen. Sie fasste mich mit einer Hand an den Unterarm und streichelte sanft meine Ellenbeuge.

- Na, kennst du mich noch.
- Ich habe ein gutes Gedächtnis (was Besseres fiel mir nicht ein)

Sie blickte mich unentwegt an. Ich hatte von diesem Moment geträumt, hatte ihn mir ausgemalt – an die tausend Mal. Jetzt war ich sprachlos. Sie hatte sich inzwischen Paul zugewandt. Die beiden umarmten sich. Er schenkte ihr eine Cola ein. Mit dem Glas in der Hand kam sie zu mir, ich hatte mich mittlerweile an einen Tisch gesetzt. Paul folgte. Beide setzten sich mir gegenüber hin.

Paul fing das Gespräch an.
- Wie kommt es denn, dass du hier bist?
- Bei mir ist in letzter Zeit alles schiefgelaufen. Ich wusste nichts anderes als euch beiden hier einen Besuch abzustatten. Außerdem, sagte sie an mich gewandt, habe ich dich vermisst. Kann ich ein paar Tage bleiben?

Also, ganz langsam. Zuallererst konnte ich mir nicht vorstellen, dass in Saras Leben irgendwas aus der Bahn laufen sollte. Und dann. Hatte ich mich womöglich verhört. Sie hatte mich vermisst! Ich spürte, wie mir das Blut in den Kopf schoss. Das war mir mehr als peinlich. Sie sollte mich nicht sehen, wie ich rot werde. Ich saß da und war gelähmt. Ich hatte so viele unerfüllte Träume, die um Sara kreisten, dass ich jetzt, wo sie da war, nicht wusste, was zu tun ist.

- Du sagst ja gar nichts. Belz, du bist so bleich und hast rote Flecken im Gesicht. Was ist los?
- Ich...Ich bin überwältigt, dass du da bist, sagte ich ganz ehrlich.
- Keine Angst, ich hab nicht vor, ein Jahr zu bleiben.
- Wenn du willst, kannst du mein Zimmer haben, so lange wie du möchtest. Ich penn dann bei Paul
- Du bist lieb.

Wie selbstverständlich sie mir dabei kurz am Arm entlang strich haute mich um. Sie schaute mir in die Augen und ich konnte ihre Lachfältchen sehen. Wohlig beugte ich mich zu ihr hin. Sie war wieder da. Alles würde gut werden. Ich hatte gewusst, dass sie wiederkommt.

- Erzähl doch erst mal, was passiert ist?
Sie nahm tief Luft, dabei legte sie ihre Hand auf den Tisch. Da sah ich den Ring zum ersten Mal. Es war nicht die Sorte Ring, die ich für sie ausgesucht hätte. Es war ein billiges, schlecht gemachtes Ding, aber es war unverkennbar als Ehering gedacht.

DRITTES KAPITEL
ERSTER ABSCHNITT

Von allem, was ich falsch gemacht oder schlichtweg nicht bemerkt hatte, war das am Schlimmsten. Zu hören, dass Sara vor drei Monaten geheiratet hatte. Und es nicht mal für nötig hielt, es mir mitzuteilen. Jetzt schaute sie mich mit ihren langen Wimpern an und erklärte mir, dass sie sich mit ihrem Rüdiger verstritten hatte. Er sei ja so hartherzig und gemein manchmal. Und er sei ja so wenig mitteilsam, aber sie sehe darüber hinweg, sie liebe ihn ja. Wusste sie überhaupt, wie wenig mich dieser Rüdiger interessierte? Wusste sie, wie sie mir weh tat mit ihrem Geschwätz von dem ach so tollen Mann, der ihr doch eigentlich immer jeden Wunsch von den Augen abliest. Und dass sie nicht verstehen könne, warum er manchmal so grantig sein kann. Ich wollte ihr am liebsten den verschissenen Ring von der Hand reißen und ihn das Klo runterspülen. Ich war für sie bestimmt. Kein Rüdiger, kein dahergelaufener. Paul hätte ruhig auch mal was sagen können. Er rutschte von einer Seite auf die andere und starrte unentwegt auf den Tisch. Er wich meinen Blicken aus. Gerade wollte ich ihm sagen, dass er Sara mal sagen könnte, wie dumm sie war, sich so schnell zu verheiraten.

- Und dann hat er mich auch noch betrogen.

- Wie bitte? Wie kann man denn eine Frau wie dich betrügen? Das muss doch wirklich ein Arschloch sein.
- Nein, das ist er nicht. Ich liebe ihn.
- Sag das nicht so leichtfertig dahin, Sara.
- Er ist sich nur noch nicht so sicher. Er hat andere Vorstellungen von einer Beziehung.
- Ach? Und das bedeutet für ihn, andere Frauen zu besteigen, oder wie?
- Deswegen bin ich auch hier, weil ich ihm gerade nicht mehr in die Augen schauen kann. Ich muss überlegen, wie es weitergeht.

Ich überlegte, warum sie mich damals verlassen hatte. Ich hatte sie nicht betrogen. Ich hatte mich nur ein bisschen danebenbenommen. Es keimte die Hoffnung, dass sie diesen Trottel verlässt und bei mir bleibt. Ich merkte, wie mein Magen hart wurde. Etwas Besseres als dieser Rüdiger hätte mir nicht passieren können.

- Ich könnte kotzen, sagte ich.
- Ich glaube, du machst dir Hoffnungen mit mir. Lass das besser bleiben, sagte sie während sie die Augen aufschlug.

Nichts konnte ich vor ihr verbergen. Immer musste sie alles gleich merken. Es klingelte an der Tür.

- Vielleicht ein paar unverbesserliche Stammgäste, die nicht wollen, dass wir auch mal einen Tag frei haben, sagte Paul und stand schnell auf, um zur Tür zu gehen.
- Sag doch mal was dazu, meinte Sara.
- Was soll ich denn sagen, als ob das wichtig wäre für dich, du bist alt genug, um zu wissen, was du tust. Aber ich halte es für lächerlich, dass du diesen Arsch geheiratet hast.
- Ach so, jetzt sind meine Gefühle also lächerlich? So wenig Achtung hast du also vor mir. Außerdem redest du immer noch von meinem Mann.

Sara sprach betont leise. Sie zischte mir ihren Hass entgegen. Auf die Idee, dass sie verletzt sein könnte, kam ich nicht.
- Dein Mann, der fremde Frauen ficken muss.

Sie krachte in sich zusammen.
- Du bist so gemein geworden. Du hast keinen Anstand mehr.

Ich war wieder mal töricht. Hatte mich selbst ausgespielt. Ich hörte wie Paul im Hintergrund sagte.
- Ich glaube, wir lassen die beiden mal lieber allein. Sie haben viel zu bereden.
- Ok, gehen wir hoch zu dir, hörte ich eine Frauenstimme antworten.

Ich drehte mich um und sah gerade noch wie die beiden in der Tür kehrt machten und die Treppen hochstiegen. Wie gut hatte es doch Paul, er konnte jetzt gemütlich mit seinem Schatz nach oben und es sich gut gehen lassen. Ich musste mit meiner Ex, die ich noch dazu so liebte wie am ersten Tag, sitzen bleiben und mich weiter streiten. Nie kam mir das Holz im Pub dunkler vor. Das Licht war größtenteils gelöscht. Nur aus der Toilettentür drang etwas Helligkeit herüber. Ich sagte es noch mal.

- Ich könnte kotzen.

Diesmal hauchte ich es nur in die Stille hinein. Sara hatte sich gefangen. Mit geröteten Augen und gefalteten Händen saß sie da.

- Ich möchte dir keine Vorwürfe machen. Es tut mir leid, ich bin so durcheinander.
- Sara, entschuldige. Ich wollte dich nicht verletzen.
- Wer war denn gerade die blonde Frau?
- Corina, Pauls Freundin, du wirst sie morgen beim Frühstück kennen lernen. Ich glaube, sie ist ganz nett.
- Kennst du sie nicht?
- Ich war doch die letzte Zeit in Deutschland.

Wir schwiegen unvermittelt. So als wüsste plötzlich niemand mehr, was er sagen sollte. Ich schaute sie an. Traute mich aber nicht allzu lange hinzugucken. Ich wollte nicht, dass sie mich drauf anspricht. Schließlich musste ich es doch loswerden.

- Sara, willst du uns noch eine Chance geben?
Sie sagte nichts, schaute mich nur an. Nach einer
Weile nahm sie meine Hände.
- Glaubst du nicht, dass du einer Illusion
nachläufst? Ich habe geheiratet. Es musste so
kommen. Such dir doch eine anständige Frau.
Was macht eigentlich diese Martina?
- Die interessiert mich nicht. Ich will dich. Du
kannst gar nicht verstehen, was ich für dich
empfinde, glaub ich.

Sie streichelte mein Gesicht. Dann zog sie ihre
Hände wieder zurück und verkreuzte die Arme.
Ich hatte es ihr so oft gesagt. Hatte ihr meine Liebe
an die tausendmal gestanden. Es wurde wohl Zeit,
damit aufzuhören. Sie schaute mich an. Ich hielt es
nicht mehr für angebracht zu sprechen. Sie dachte
wohl eh schon, dass ich eines dieser Weicheier bin.
Ich hatte keine Lust, mir als bester Freund
anzuhören, wie schlecht sie ihr Mann behandelt
hatte. Das konnte nicht das Ziel sein, dass sie sich
bei mir ausheult und gleichzeitig mit diesem
Rüdiger Sex hat. Denn so sind die Frauen leider.
Von den Machos holen sie sich was sie brauchen
und bei den Weicheiern heulen sie sich aus. Auf die
Idee, einen verständnisvollen Mann zu heiraten,
kommt keine. Zumindest dachte ich das in dieser
Nacht. Wir blickten lange schweigend in die
Düsternis.

- Ich dachte, du könntest mir vielleicht einen guten Tipp geben. Du kennst mich doch gut.
- Ich soll dir helfen, guten Sex zu haben, aber nicht mit mir, sondern mit diesem Affen.
- Oh Mann. Du interessierst dich gar nicht wirklich für mich.
- Das meinst du jetzt aber nicht ernst.
- Du willst gar nicht wissen, wie es mir jetzt geht. Du denkst nur an dich und wie du mich ins Bett kriegst. Mir gehts beschissen.

Mir wurde die Unterhaltung zu kompliziert. Ich sagte nichts mehr und hoffte, dass wir bald ins Bett kämen. Mensch, sie war es, die nichts kapierte. Ich wollte eben nicht nur Sex mit ihr. Sie war eine Göttin für mich. Vielleicht war es besser, das so zu belassen. Ich bete sie an und sie behält ihren heiligen Glanz. Vielleicht war es besser, den nicht zu zerstören, besser sie als einen Traum in Erinnerung zu behalten.

Ich schleppte mich die Treppen runter. Aus dem Saal hörte ich sie alle miteinander plaudern. Ich öffnete die Tür. Es schien ein anderer Raum als gestern Abend zu sein. Die Sonne schickte blitzende Strahlen in das Zimmer. Eine rot, weiß karierte Decke lag über dem Stammtisch, Brötchen darauf, Marmelade und Melonenstücke. Paul biss gerade ab. Corina und Sara sprachen gestikulierend miteinander. Es ging, oh Wunder, um Beziehungen. Am frühen Morgen.

- Hallo Belz, komm her, iss was, sagte Paul fröhlich.

Ich nahm mir nur einen Kaffee und steckte mir eine Zigarette an.

- Schön, dich zu sehen, Sara.

Sie blinzelte mir zu und grinste. Ich saß da, mit übereinandergeschlagenen Beinen und inhalierte tief. Plötzlich fühlte ich Saras Hand in meinen Haaren. Sie strich mir über den Kopf.

- Was ist denn los mit dir. Hat dich der gestrige Tag so sehr mitgenommen.
- Nein, ich brauch nur ein paar Minuten.

Ich war hellwach. Warum streichelte sie meinen Schädel? Wollte sie mich warmhalten? Liebte sie mich doch? Oder war es nur eine freundschaftliche Geste, weil ich so niedergeschlagen geschaut hatte? Ich kam nicht dazu, länger darüber nachzudenken. Es klopfte ans Fenster. Martina stand da und winkte. Oh, Gott, das hatte gerade noch gefehlt. Mir wurde schlecht, ich fühlte mich schwach im Innersten. Das konnte heiter werden. Ich stand auf, mit der Absicht sie sofort wieder heim zu schicken, oder sonst wohin, solange sie sich von meinem Haus fernhielt.

-   Wer ist das, wollte Sara wissen.
-   Martina, antwortete Paul.
-   Oh Hans, schick sie nicht weg. Ich will sie kennen lernen, sagte Sara.
-   Das meinst du nicht ernst, meinte ich völlig außer mir.

Sie meinte es ernst. Martina war in einer glänzenden Laune als ich ihr öffnete. Sie strahlte über beide Backen. Sie wollte mir um den Hals fallen. Ich klopfte ihr kurz auf den Rücken und hielt sie dann auf Abstand.

-   Was willst du hier, habe ich dir nicht gesagt, dass ich dich nicht mehr sehen will?
-   Du hast doch bestimmt Sehnsucht nach mir und meiner kleinen Fotze, flüsterte sie.

Es widerte mich an. Diese Frau ekelte mich an. Ich fragte mich, warum ich sie nicht schon am ersten Tag zum Teufel gejagt hatte.

-   Red nicht so
-   Warum denn nicht, mein Schätzchen?

Punkt eins, ich musste sie reinlassen. Sara hatte darum gebeten. Punkt zwei, ich wollte sie nicht mehr sehen. Hätte ich gewusst, wie der Tag endet, ich hätte ihr die Türe vor der Nase zugeschlagen, kommentarlos. Jetzt ging sie erstmal ins Pub und schüttelte eifrig Hände und zeigte sich von ihrer besten Seite. Der Tag war kein guter mehr.

- Und du bist Sara? Ich hab schon viel von dir gehört. Belz denkt ja eigentlich nur an dich, Tag und Nacht, sagte Martina.
- Ach ja, ist das so, meinte Sara mit einem Lachen und stieß mir dabei kumpelhaft in die Seite.

Die beiden verstanden sich. Unglaublicherweise. Martina gab Sara sogar Tipps ihren Rüdiger betreffend.

- Weißt du, wenn er dir fremdgeht, heißt das nicht, dass er dich nicht liebt. Männer können Sex und Liebe gut trennen.
- Aber ich kann ihm das doch nicht durchgehen lassen.
- Du wirst es müssen, wenn er dir was bedeutet. Auch darüber wird Gras wachsen. Du wirst sehen.
- Und du, bist du eigentlich noch mit Belz zusammen?
- Nein, ich hab jetzt einen festen Freund, ich wollte nur mal so vorbeischauen, antwortete Martina und verabschiedete sich zur Toilette.
- Na, so schlimm wie du immer tust, ist sie doch gar nicht, flüsterte mir Sara ins Ohr.

Ich verzog nur kurz das Gesicht. Da waren alle Worte vergebens. Corina und Paul waren enger zusammengerückt. Sie tauschten Küsse. Also bin ich den zwei Weibern ausgeliefert, dachte ich. Und da kam auch schon Martina wieder.

- Lass uns doch einen kleinen Sekt trinken, hm Sara. Ist ja schon spät genug
- Warum nicht.

Nein, ich musste sie loswerden. Jeden Moment konnte das Unheil über mich hereinbrechen. Ich beschloss, dass wenigstens einer von uns dreien weg müsse. Also stand ich auf und verabschiedete mich.

- Ich geh ne runde spazieren
- Ja, mach nur, wir wissen uns schon zu amüsieren, schallte es mir aus zwei Kehlen entgegen.

Ich ging. Mit dem Bild im Gedächtnis, dass Sara mit Martina trinkt und Paul Corina abknutscht. Ich ging zur See. Der Wind pfiff mir in die Ohren. Der Himmel hatte sich zugezogen. Ich zog den Kragen der Jacke hoch und ging. Ich ging und ging. Langsam verließ mich die Schwäche. Ein Felsen lud mich zum Ausruhen ein. Den Blick zur See, die Augen aufs Wasser fixiert, die Gedanken bei Sara und Martina. Sie waren beide keine Frauen mehr für mich. Ich fühlte mich Sara plötzlich fremd. Ein vollkommen neues Gefühl, aber erleichternd. Wie sich mit Martina verstand. Ich konnte mir vorstellen, wie die beiden mit hochroten Köpfen zusammenglucken, während Paul Corina derweil vernaschte. Ich legte mich zurück, schloss die Augen und hörte auf den Wind.

Sara steht in Dessous vor mir. Ihre Hände streckt sie mir entgegen. „Komm er, du Süßer, ich will mit dir schlafen. Nimm mich hart und schnell", haucht sie mir hin. Ich gehe auf sie zu. Da tritt Martina aus dem Hinterzimmer und legt langsam ihre Kleider ab. „Fick uns beide, los", sagt sie herrisch. Sara räkelt sich auf dem Bett. Sie streichelt sich zwischen den Beinen. Stöhnt, wirft ihren Kopf ins Genick. Martina umfasst mich von hinten, streichelt mein Geschlecht. Sie dreht mich um und fängt an zu saugen. Sara packt mich am Arm und zieht mich aufs Bett. Ich mache es mit ihr, zwischenzeitlich streichelt mich Martina, sie leckt meine Eier. Ich schaue Sara an. Und falle vom Bett.

- Himmel, was ist passiert, schrie ich.
Ich lag auf dem steinigen Boden und wusste nicht, wo ich war. Als ob ein Staudamm geplatzt sei, so schoss es aus mir heraus. Mein Blick haftete auf halbverdauten Brotstücken, die in brauner

Soße schwammen. Ich ging zum Meer und wusch mir die Finger und den Mund. War ich so krank? Was träumte ich für einen scheiß? Mein Kopf schmerzte, aus einer Wunde über der Augenbraue quoll ein wenig Blut. Mein Mund schmeckte widerlich, eine Mischung aus Salzwasser und Kotze. „War ich noch meines Vaters Sohn?".

Hastigen Schrittes machte ich mich auf, um zum Haus zu kommen. Ich stürmte die Böschung hinauf, riss die Türe auf. Da saßen sie tatsächlich zu zweit, Sara und Martina und kicherten.

- Hey Belz, Martina erzählt mir ja Sachen von dir. Kenne dich wohl doch nicht so gut, was?

Sara lachte, die Wangen gerötet. Paul war nicht zu sehen. Ich packte Martina am Arm.

- So, du dumme Sau, du packst jetzt deinen Arsch und verlässt dieses Haus. Und wenn du noch einmal herkommst, garantiere ich für nichts mehr.

Martina sagte nichts. Ihre Augen blickten mich höhnisch und herausfordernd an. Sie war bereit zu streiten. Sara schrie auf. Wie ich mich denn verhalten würde. Ich hätte ja nicht mehr alle Tassen im Schrank und überhaupt und sowieso. Mir war das egal. Ich schleifte Martina raus zur Tür und schupste sie über die Schwelle. Sara versuchte, mich zurückzuhalten, sie hielt meinen Arm. Ich drückte sie weg.

- Halt dich raus Sara, du hast ja keine Ahnung!
- Du hast den Verstand verloren, brüllte sie mich
  an.

Martina war alles egal, sie schwankte leicht und
hielt sich nur durch meinen festen Griff an ihrem
Oberarm auf den Beinen. Sie drängte sich an mich.
Ihr Atem stank. „Du weißt ja nicht was dir entgeht.
Ich wollte dir meinen neuen Freund vorstellen.
Und ich wollte, dass ihr es mir gemeinsam besorgt.
Hast du keine Lust, Belz?"
Jetzt ließ ich sie los. Sie torkelte nach hinten,
stolperte und fiel auf den Boden.
- Verzieh dich endlich. Hau ab.
- Mich siehst du hier nie wieder, du Macho.
Ich schlug die Türe zu. Sara stand mit knallrotem
Kopf an der Wand gelehnt. Sie schaute mich mit
großen Augen an. Peinlich war es mir schon ein
bisschen. Aber ich war auch froh, denn ich wusste,
Martina würde ich jetzt nicht mehr sehen. Sie war
endgültig zum Teufel gejagt. Das beruhigte mich.
Ich hielt mich mit einer Hand am Türgriff fest.
- Die bin ich los, stöhnte ich
Sara drehte sich um. Sie ging ins Pub und schlug
die Türe zu. Sie schrie dabei. Was wusste sie schon
von Martina? Was wusste sie schon, was für eine
verachtenswerte Frau sie war. Ich näherte mich der
Türe, sie ließ sich nicht öffnen. Sara hatte einen

Tisch davorgestellt. Ich drückte ein wenig und sie schrie.
- Beruhig dich erstmal, bevor du herkommst. Du hast doch einen Totalschaden.

Ich drückte mein Ohr gegen die Tür und sagte ihr, sie solle aufmachen. Dass ich Martina loswerden musste, dass sie mir schon viel zu viel angetan hatte und dass ich nicht anders handeln konnte als ich es getan hatte. Doch sie wollte nicht verstehen.
- Ich glaub, dass du das Problem bist, nicht Martina. Die ist nett. Du bist von deinem Weg abgekommen. Du hast dich verlaufen.

Ich kriegte sie nicht mehr beruhigt. Sobald ich was sagen wollte, schrie sie mich durch die geschlossene Türe an. Ich wusste, ich hatte genau richtig gehandelt. Diese Entscheidung würde ich nie bereuen. Zumindest nicht im Kern, nur, dass Sara den Rausschmiss mitbekommen hatte, war ein echtes Problem. Sie reiste nicht sofort ab. Aber sie mied mich für den Rest des Tages, hing mit Paul und Corina rum. Paul hatte wohl das große Los gezogen. Seine Geschichte mit Corina schien gut zu laufen. Die beiden kamen sich jeden Tag ein Stück näher. Sie harmonierten prächtig. Auf jeden Fall hatte ich, wie mir Sara später erzählte, mit dem Rauswurf Martinas ein gutes Stück Entscheidungshilfe für sie geleistet. Warum wollte mir zwar nicht ganz in den Kopf, aber sie sagte ihr sei dadurch klar geworden, dass sie sich mit Rüdiger wieder versöhnen werde, dass sie ihm eine zweite Chance geben müsse. Und so war es auch, sie reiste ab und ließ mich zurück. Nach dem Tag, an dem wir uns wieder so nah waren fiel es mir umso schwerer. Dabei hatte ich schon beinahe gedacht, ich hätte die Sache endlich abgehakt. Aber nein, Sara war immer noch in der Lage, mein Leben und Denken zu beherrschen.

Ja, bevor sie wieder ging waren wir förmlich verschmolzen. Für einen Tag.

ZWEITER ABSCHNITT

Am Morgen danach sah die Welt wieder anders aus. Ich saß schon eine gute Weile am Frühstückstisch als Sara zur Tür reinkam. Gut eine Kanne Kaffee hatte ich getrunken. Ich hatte ein mulmiges Gefühl. War nicht sehr optimistisch. Ich dachte, dass Sara bestimmt sauer auf mich sein würde. Sie setzte sich mir gegenüber hin und nahm sich ein Brot. Ihr Mund war eine gerade Linie.

- Du hast dich gestern echt voll danebenbenommen.
- Sicher muss es dir überzogen vorkommen, was du erlebt hast, aber glaub mir, es war das einzig Richtige, was ich tun konnte.

- Ja, ich will mich mit dir nicht wegen dieser Martina streiten. Immerhin hast du ja auch das recht zu sagen, wenn du unter deinem Dach haben willst. Es war nur ein bisschen plötzlich, wie du reagiert hast. Und heftig, sagte sie und biss ein Stück ihres Brotes ab.
- Vielleicht hab ich ein bisschen übertrieben, kann schon sein. Aber es ist in jedem Fall gut, dass Martina jetzt nicht mehr wiederkommt, wobei das nicht mal sicher ist. Sie ist eine dumme Person, bin froh, dass sie weg ist.
- Ist ok, sollen wir heute was zusammen unternehmen?
- Ja, gern. Wir könnten ein wenig spazieren gehen und vielleicht irgendwo einkehren. Die Gegend ist echt super für ausgiebige Märsche.

Sara war einverstanden. Gleich nach dem Essen sind wir los. Sie hatte sich einen braunen Hut angezogen, der sie unglaublich süß aussehen ließ. Ich mag den Ausdruck eigentlich nicht – aber bei ihrem Anblick fiel mir kein anderes Wort ein. Sie war einfach süß. Ihre Augen strahlten mit der Sonne um die Wette. Strähnen ihres Haares rutschten immer wieder unter dem Hut hervor und bedeckten ihre Wangen. Wie gingen nicht zum Meer, sondern ins Landesinnere. In den Wald, der nicht weit weg wucherte. Wir bewegten uns durchs Dickicht. Soweit ich mich auskannte, erklärte ich ihr die Natur rings um uns umher. Ich hatte mir einen stabilen Stock aus dem Unterholz besorgt und führte ihn bei jedem Schritt zum Boden. Es war eine sehr entspannte Stimmung. Die Sonne schickte ihre Strahlen durch die Baumwipfel. Es sah aus, als ob dutzende Goldstelzen aus dem Boden wuchsen. Wir waren bereits über eine Stunde unterwegs. Ich lief oft voraus. In mir brodelte eine unbändige Kraft. Wir waren Freunde. Ich hatte nicht die Absicht, sie zu verführen. Gerade als wir aus einem dünnen Trampelpfad aus dem Wald heraus wieder auf einen betonierten Feldweg kamen, hakte sie sich bei mir ein. Ich fühlte es kribbeln. Ich legte meine Hand auf ihre kleine, zarte. Mit stolz geschwellter Brust lief ich weiter.

- Siehst du hier die ganzen Gärten zu beiden Seiten. Da fühlt man sich doch fast wieder wie Zuhause.
- Nur, dass die hier etwas wilder aussehen.

Wir sprachen nicht gerade viel Tiefsinniges. Das war aber auch nicht nötig. Wir plauderten unbefangen über dies und das. Es war eines dieser Gespräche, an dessen Wortlaut man sich nicht erinnern kann. Man weiß später nur noch, dass es gut war. Unser Marsch ging geradewegs zurück zu Internatszeiten. Zurück zu der Zeit, in der wir uns liebten. Der aufkommende Wind wischte jeden unnötigen Gedanken weg. Als wir den Wald verließen, lag eine Wiese vor uns. Hinter einem ausgedörrten Bachbett stand ein kleines Wäldchen, das wir anpeilten. Wir setzten uns hinter die Büsche. Die Sonne stand schon tief am Himmel und ließ Saras Gesicht in einem schmeichelhaften Licht schimmern. Ich legte mich auf den Boden, sie blieb im Schneidersitz hocken. Ich legte meinen Kopf in ihren Schoß. Ihre Augen schauten auf mich herab. Sie spiegelten den Kampf wider, der in ihrem Inneren tobte. Zu gleichen Teilen sah ich Zuneigung und Angst davor, einen Fehler zu machen. Ich blickte direkt in die Sonne. Sie schickte sanfte Strahlen, es tat nicht weh.

- Nur Verliebte küssen sich, richtig? sagte Sara.
- Und das sind wir nicht, deshalb küssen wir uns nicht.
- Nein, diese Zeiten sind vorbei, meinte Sara.

Ich schaute wieder zu ihr auf. Sie war so unbeschreiblich schön für mich. Ich sah ihr den Wunsch, mich zu umarmen an. Ihre Liebe machte sie noch hübscher als sie es ohnehin schon war. Ihr Antlitz war alles, was mein Hirn in diesem Moment beschäftigte. Mehr war nicht nötig. Sie fasste meine Haare an und beugte sich leicht zu mir herunter. Ich sah ihren Mund näherkommen. Ich war mir sicher, dass sie in dieser Sekunde nicht einen Gedanken an ihren bekloppten Rüdiger verschwendete. Ihre Lippen waren sanft, ihre Zunge spielte zart mit meiner. Es mochte wohl eine Ewigkeit gedauert haben. Ich kann Faust verstehen, dass er seine Seele für einen Moment verkauft hat. „Oh Augenblick, verweile doch". Doch ich wollte damals nicht mal, dass der Moment ewig währt. Ich genoss, wie jede Sekunde mit ihr schöner wurde. Ich fühlte mich immer besser. So richtig schön wurde dieser Augenblick eigentlich nur dadurch, dass er weiterfloss. Dadurch, dass wir beide nicht an die Folgen dieses Momentes dachten. Nicht wissen wollten, was in einer halben Stunde ist. Es war die Ewigkeit, die wir erlebten. Dadurch, dass wir den Moment nicht festhalten wollten. Nur im Nachhinein würde ich einiges geben, um diese Minuten nochmals zu erleben. Als der Kuss zu Ende war setzte sie sich wieder aufrecht hin. Ich blieb selig liegen und genoss, wie ihre Finger durch mein Haar glitten. Ich wollte sie nicht fragen, da sprach sie es aus, was ich dachte.

- Bereust du es, Hans?
- Niemals.
- Ich habe komischerweise auch nicht das Gefühl, etwas Schlechtes getan zu haben.
- Wir sind schon irgendwie füreinander bestimmt, sagte ich.

- Weißt du, mit dir fühle ich mich viel wohler als mit Rüdiger. Du bist ein wunderbarer Mensch und irgendwie liebe ich dich immer noch.

Ich wusste nicht, was ich Passendes hätte sagen können. Ich hatte keinen Grund, an ihren Worten zu zweifeln. Keinen Gedanken verschwendete ich, wie sich alles entwickeln würde. Ich sog ihren Geruch in mich ein. Ihr sagen, wie viel sie mir bedeutet, konnte ich aber nicht. Dafür machte sie mir immer wieder Komplimente. Ich glaube nicht, wie lange sie auf diesen Moment gewartet habe, meinte Sara. Dabei küsste sie meine Stirn. Dabei hätte sie ja die Macht immer gehabt, diese Situation jederzeit herbeiführen zu können. Sie widersprach sich. Ich wollte es nicht ernst nehmen.

Der Heimweg kühlte meine Emotionen. Es war schon blauäugig anzunehmen, sie würde jetzt bei mir bleiben und nicht mehr nach Australien zurückgehen. Und wieder einmal musste sie meine Gedanken in sich gehabt haben. Sie löste ihren Arm von meinem und sagte mit den Augen zum Boden gewandt:

- Wir sollten es beenden.
- Können wir nicht einfach die Zeit genießen, die wir haben?

202

- Du weißt, dass das nicht gut wäre. Der Schmerz bei dir würde nur noch größer werden, als er es ohnehin schon sein wird, wenn ich wieder weg bin.
- Du kannst bleiben.
- Ich werde wahrscheinlich nicht bleiben. Auch wenn ich das Gefühl habe, das ist die falsche Entscheidung.
- Dann triff sie nicht.
- Ich muss zurück, wir sind verheiratet, Rüdiger und ich, ich habe es ihm versprochen. Auch wenn ich mich mit dir wohler fühle.

Nun hatte sie es schon zum zweiten Mal gesagt. Ich versuchte, es zu überhören.
- Ich kenne deinen Rüdiger ja nicht. Aber nach allem, was du mir von ihm erzählt hast, scheint er ein komplettes Arschloch zu sein, meinte ich.
- Die Männer, die ich kennen lerne, haben wohl alle einen hau.

Diesen Seitenhieb auf mich ignorierte ich nach außen. Doch in Wahrheit hatte sie mich damit verletzt. Ja, ich war wohl nicht perfekt. Aber so schlecht war ich auch wieder nicht.
- Wir sollten es beenden! Sie wiederholte sich.

Wir gingen weiter. Ich wollte sie nicht weiter nerven. Wollte nicht weiter drängen. Sie wusste ja, was ich wollte. Ich setzte doch noch mal an.
- Lass uns doch wenigstens die Zeit nutzen und genießen, die uns bleibt. Lass uns heute alles

vergessen. Und vielleicht bleibst du ja doch hier. Vielleicht siehst du es morgen anders als heute.

Sie senkte die Augen. Ich überlegte, ob sie meine Aufforderung wohl falsch verstand. Ich dachte nicht, dass sie eine Schlampe ist, die für zwei Monate herhält und dann wieder den Abflug macht. Ich wollte sie bleiben machen. Dass sie mit mir alt wird. So wie wir es uns damals versprochen hatten. Doch gesagt hatte ich etwas anderes. Ich glaube heute, dass es der Grund war, dass sie ging. Dass ich ihr nicht sagte, dass ich sie liebe, sondern, dass wir die Zeit bis zu ihrer Heimreise zusammen sein sollen. Wie auch immer, ich weiß es nicht. Was ich weiß ist, was sie tat, als wir abends beim Bier in unserer Kneipe zusammensaßen. Sie streichelte meinen Oberschenkel. Ich fragte mich, ob sie wusste, was sie tat. Oder ob das für sie etwas anderes bedeutete als für mich. Mir jedenfalls ließ es die Hormone tanzen.

Ihr standen Tränen in den Augen. „Wir sollten es beenden", hatte sie gesagt. Zum dritten Mal heute. Es berührte mich seltsam wenig. Sie saß immer noch neben mir, ich roch sie. Ich streichelte ihren Kopf, so als wollte ich sagen: „Wein doch nicht, bald wird es nicht mehr weh tun". Sie lächelte. Mir war nicht bewusst, dass es zum letzten Mal ist, dass sie unter diesem Dach bei mir ist. Die Leere kam als sie ging. Auf einmal war sie verschwunden. Sie hatte ihre Sachen gepackt als ich noch schlief. Zum Abschied weckte sie mich auf und gab mir einen Kuss. Den letzten. Jetzt stehen mir die Tränen in den Augen. Ich verstehe mich selbst nicht. Nicht zum ersten Mal verabschiede ich mich von einer Frau. Und nicht zum ersten Mal von Sara. Sie war verheiratet, es stand von der ersten Berührung an fest, dass ich sie nicht lange genießen kann. Doch ich weiß, dass niemand die Liebe zum bleiben zwingen kann. Ich hoffte, sie verweilte eine Weile mit mir. Die Zukunft, wie es werden sollte, verdrängte ich. Ich wollte mich nicht belasten. Ich will, so lange ich liebe, es mit ganzem Herzen tun. Der Lauf der Welt ist ein seltsamer. „Mein Liebster. Du bist wunderbar, irgendwie liebe ich dich. Bei dir fühle ich mich wohler als bei meinem Mann". Ich hatte ihre Zuneigung angenommen, obwohl ich wusste, dass ich nicht lange glücklich sein würde. Ich weiß, dass niemand seinen Ehemann für mich verlässt, solange der nicht ein kompletter Versager ist. Warum sollte jemand seine Sicherheit opfern und noch mal von vorne anfangen. Es macht mir nichts aus. Ich kenne die Situation. Ich habe meinen Spaß, sie hat ihren Spaß und nach einer Weile kommen die Zweifel bei ihr. Dabei bin ich der größte Romantiker der Welt. Zumindest war ich es mal.

Heute hat mich das Leben hart gemacht. Ich nehme mir meinen Teil, um nicht auf der Strecke zu bleiben. Und nun tat ich es sogar mit Sara. Große Gefühle investiere ich nicht, will nicht verletzt werden. Selbst die Gefühle für sie waren nur noch in meiner Erinnerung vorhanden. Das merkte ich in dieser Nacht. Sie war nur eine Frau wie andere auch. Ich habe den Satz „Ich liebe dich" aus meinem Wortschatz gestrichen. Ich werde ihn erst wieder einführen, wenn ich weiß, dass er nicht in der Atmosphäre verpufft. Sex ja, Liebe nein. Bin ich ein Gigolo, bin ich am Ende allein, habe ich jemanden, der an meiner Seite steht? Ich habe die Kurzzeitbeziehungen so satt. Ich will nicht mehr von einer zur nächsten taumeln. Ich will besagten Satz wieder sagen können. Doch die Frauen sind verschwunden, bevor ich denke, dass er angebracht wäre, lange zuvor. Sogar Sara verschwand. Sie fuhr mit ihren Sachen auf gut Glück zum Flughafen und ließ mich einsam in meinem Bett zurück.

Die Welt lehrt mich folgendes: Frauen sind anders als Männer. Wenn eine Frau dir sagt, dass du wunderbar bist, fühle dich nicht sicher, wiege dich nicht darin. Baue nicht darauf. Bleib cool, freu dich an deinen Gefühlen, küss die Holde und genieße ihre Nähe. Doch innerlich, mein Freund, innerlich bleibe auf Abstand. Verschenk dein Herz nicht allzu schnell. Lass deinen Verstand die Oberhand behalten. Es sei denn, du willst dir dein Herz brechen lassen. Ist es nicht besser, ihr Herz bricht als deines? Manchmal muss man ein Egoist sein. Wehtun wird es dir ohnehin, das kannst du nicht vermeiden. Nein, sicher nicht, aber du kannst den Schmerz im Rahmen des Erträglichen halten. Doch die Hoffnung bleibt. Ich sage mir jedes Mal: Suche die Liebe, versuche, dass sie bleibt. Du kannst es versuchen. Du kannst sie nicht zwingen.

Nun wie auch immer, sie hatte gesagt, wir sollten es beenden. Kurz darauf streichelte sie meinen Schenkel. Ich riss ihr die Kleider vom Leib. Eine Nacht war uns noch vergönnt. Mit Alkohol geschwängert fielen wir übereinander her. Aufgewühlt, wissend um die Letztmaligkeit dieser Situation. Kein Gedanke an Kondome. Tierisches Verlangen.

DRITTER ABSCHNITT

Ich setzte mich hin und schaltete den Computer an. Wenn nicht jetzt, wann dann, dachte ich. Es war keine Trauer, kein Hass, nur eine große Geschichte, die sich ihren Weg von meinem Kopf über meine Finger in die Welt bahnen würde. Meine ganze Liebe würde ich hineinlegen. Ich glaubte sogar, Sara anschließend nicht mehr zu lieben. Dass alles aus mir rausfließen würde. „Es war wie das

Aufwachen aus einem tiefen, dumpfen Schlaf".
Mein erster Satz. Die Erinnerung an die erste
Begegnung mit Sara war in meinem Kopf so frisch,
als wäre es gestern gewesen. Es war mir egal, wie
es werden würde. Ich musste das Buch schreiben,
das Ergebnis war ohne Wichtigkeit. Wochenlang
arbeitete ich durch. Paul versorgte mich mit Tabak
und Bier. Sara äußerte sich lange nicht zu meinem
Erguss über sie, wobei ich mir sicher war, dass sie
sich wiedererkennen musste.

Mein Leben allerdings änderte sich durch den
Erfolg des Buchs. Zum einen konnte ich meine
Schulden zahlen, zum anderen hatte ich bei
meinem Verlag Narrenfreiheit. Sie waren sicher,
dass von nun an alles, was ich abliefern werde, ein
Kassenschlager wird. Doch was sich am meisten
auf meine Persönlichkeit auswirkte, war der
Zuspruch der Leser. Sagte ich einer Frau, ich sei
Hans Belz, ob sie mal was von mir gelesen habe,
änderte sich ihr Blick und ihr Verhalten
schlagartig. Wie verfahren meine Situation war,
wurde mir erst allmählich bewusst. Es dauerte
Jahre und etliche Romane. Wie sehr ich meinen
Pfad verloren hatte, wird deutlich, wenn ich mich
erinnere, was bei meinem ersten Wiedersehen mit
Martina passierte. Der Verlauf dieses Abends
spricht Bände. Doch immerhin setzte er einen
Schlussstrich unter die Zeit des Umhertreibens.

VIERTER ABSCHNITT

Es war einer dieser Abende, an denen man besser zu Hause bleibt. Der Tag war anstrengend, man ist müde und will eigentlich nur noch neue Kräfte tanken. Doch irgendwie war ich an diesem Abend nicht in der Lage, mich zurückzulehnen. Ich saß in meinem kleinen Zimmer und trank ein Bier. Dazu hörte ich melancholische Balladen. Meine Stimmung war am Boden. Ich fühlte mich alleingelassen. Zumal Paul an diesem Abend keine Zeit für mich hatte, weil er bedienen musste. Mir ging es echt mies. Plötzlich klingelte das Telefon. „Hey, wie geht's, willst du nicht noch vorbeikommen und ein Bier mit uns trinken". Es war der Anruf, auf den ich gewartet hatte. Leider war es nicht die Person, auf die ich gewartet hatte. Es war Martina. Sie war zusammen mit ihrem Freund ein Bier trinken und lud mich ein. Sie amüsierten sich gut, sagte sie. Ich solle unseren Streit begraben, die Vergangenheit hinter mir lassen, mich nicht so anstellen und kommen. Lange musste ich nicht überlegen. Ich ließ mein Bier stehen und schaute, dass ich in die Stadt kam. Wenn sie mit ihrem Freund da war, würde ich ja nicht Gefahr laufen, wieder mit ihr im Bett zu landen. Es war die übelste Spelunke weit und breit. Ein stinkender Keller mit düsterem Licht. Wir sprachen über dies und das. Nichts Wildes. Aber durchaus angenehm. Plötzlich fragte mich Martina unvermittelt, ob ich nicht Lust hätte, einen Dreier zu machen. Sie sagte es eher beiläufig und rührte sich dabei nicht einen Zentimeter. Max, ihr Freund, grinste nur breit. Mir war klar, dass das mehr als ein Witz war. Sofort. Ich kannte Martina lange genug, um zu wissen, dass sie es ernst meinte. Zudem hatte sie mir es ja schon mal angeboten. Max hatte seinen Arm um ihre Schultern gelegt als sie mich zum zweiten Mal fragte. Ich verneinte. Das wäre nicht mein Niveau, sagte ich. Doch umso mehr ich drüber nachdachte, umso blöder kam es mir vor, das abzulehnen. Wie oft bekommt man denn so ein Angebot, dachte ich mir. Außerdem vögelte ich seit ewigen Zeiten nur noch Schlampen, seit ich Erfolg mit meiner Arbeit hatte, fickte ich eigentlich nur noch Schlampen. Ich fasste ihre Schenkel an und sagte ok. Sie zog ihr Bein zurück und lachte laut. Wir saßen ein, zwei Minuten da und sprachen wieder über etwas komplett anderes. Diesmal fing ich an. „Wie sollen wir es denn machen. Das müssen wir ein wenig absprechen". Alle waren einverstanden. Es war wie ein Geschäftsabschluss. Ich fasse da hin, Max dort und Martina tut dies. Ich wollte sie streicheln. Sie zog sich zurück. „Guck dir mal den an, der denkt wunder, wer er ist", sagte sie. Es war also nichts Persönliches. Es sollte Sex werden, möglichst guter. Das stand mal fest. Wir tranken aus, nachdem wir eine gute halbe Stunde die Details geklärt hatten.

Schnell waren noch ein paar Biere gekauft und Kondome besorgt. Alles rein geschäftlich versteht sich. Wenngleich die Küsse, die Martina und ich auf der Rückbank von Max Auto tauschten dann doch etwas persönlicher waren. Max war unwirsch darüber. Das konnte jeder sofort sehen. Es interessierte aber weder Martina noch mich wirklich. Gut, sie war Max Freundin. Wen interessieren solche Kleinigkeiten an solch an einem Abend? Er war einverstanden gewesen. Also mal sehen, was passiert, dachte ich mir und streichelte Martina zwischen den Beinen. Ich war ganz von der Unpersönlichkeit gefangen. Ich war leidenschaftslos. Es war mir egal, wie es werden würde, nicht im Geringsten aufgeregt. Und dennoch erregt. Wir stiegen die Stufen zu Martinas Appartement hoch. Ganz relaxt zog ich mich aus. Martina zierte sich ein wenig. Sie, die das alles angeregt hatte. Jetzt stand sie unschlüssig da und schwankte kaum merklich von einer Seite auf die andere. Sie schaute auf meinen Schwanz. „Der wird aber schnell steif, das hätte ich nicht gedacht", meinte sie. Ich grinste. Und legte mich aufs Bett. Ich winkte sie her und sagte, sie solle mir einen blasen. Sie stand unschlüssig am Bettrand und zog sich den BH aus. Dann stand sie vor mir. Max machte sich von hinten ran. Zog sich aus. Er wirkte pervers. Gierig. Ich stand auf und zog Martina zu mir her. Wir küssten uns. Max umschlang ihre Taille. Er pellte sie aus der Hose. Ich legte mich zurück und wartete darauf, dass sie anfängt. Max steckte ihn rein. Er stöhnte. Sie lehnte auf mir. Ich drückte ihren Kopf zu meinem Schwanz. Sie fing an zu lutschen. Auf und ab. Max fickte sie derweil ordentlich durch. Sie leckte gut. Max sagte etwas. „Oh ja, du bist so eng und saftig. Oh ja, das ist gut" Es war mir egal. Ich wollte in ihr Gesicht spritzen. Geschäftlich versteht sich. Ich entschloss mich dann doch wieder um. „Lass uns die Plätze tauschen". Max hörte nicht auf zu bumsen. Ich sagte es noch mal. Dann folgte er meinem Wunsch. Sie war verschwitzt. Maxens Schweiß klebte an ihrem Rücken. Ich ignorierte es. Gewissen Gäulen schaut man bekanntlich nicht ins Maul. Ich stieß zu. Es war eine Fotze. Der Ausdruck passt ganz gut. Ich bewegte mich und wartete, ob sich vielleicht die Geilheit steigern würde. Und verlor die Lust. Mechanisches hin und her bewegen war es. Max warf seinen Kopf in den Nacken und ließ es seinem Schwanz in Martinas Mund gut gehen. Ich fickte noch eine gute Weile bevor ich merkte, dass ich kein Interesse hatte, die Sache zu Ende zu führen. Doch ich machte weiter. Ohne Leidenschaft. Ich beschleunigte meinen Takt, dachte, vielleicht noch das Gefühl der Ewigkeit aus diesem Fiasko ziehen zu können. Die Reibung führte zu keinem Erfolg. Es war das Gefühl, das man hat, wenn man versucht, sich zum X-ten Mal einen zu wichsen. Ich zog ihn raus. Setzte mich aufs Sofa. Max machte weiter. Und führte den Dirty-Talk zu seiner Vollendung. „Nein, das kann nicht meine Welt sein", dachte ich mir und schaute zu, wie die beiden bumsten. Schnell und hart. Es war nicht besser als im Zoo.

Ich suchte meine Unterhose. Und fand sie nicht. Ich ging um die Bumsenden herum und fingerte nach meiner Kleidung. Mehrmals ging ich das Zimmer ab. Die beiden ließen sich von mir nicht stören. Schließlich fand ich sie in einer Falte des Bettes, zog sie an und setzte mich wieder hin. Schließlich hörte auch Max auf. War ihm wohl dann doch zu viel, vor meinen Augen groß rumzuvögeln.

Später saß Martina zu meinen Füßen, schaute zu mir hoch und meinte, dass wir das noch mal machen müssten. Kurz zuvor hatten wir noch unsere Eindrücke ausgetauscht. Abschluss gelungen? Bin ich fähig, mir mein Geld in der Porno-Branche zu verdienen? Die Sterne müssen in dieser Nacht in einer seltsamen Konstellation gestanden haben. Es war ein Abend, an dem man besser zu Hause bleibt.

FÜNFTER ABSCHNITT

Dabei hatte sie schon wieder in meinem Arm geschlummert. Sara. Nach all den Nullen, die jahrelang darin gelegen hatten. Ich hatte mir eine gemeinsame Zukunft vorgestellt. Wie sollte dieser Rüdiger schon gegen mich anstinken können. Er hatte doch kein Format. Harmloser Gegenspieler, keine Gefahr. Dachte ich. In Wahrheit verschwand Sara am nächsten Morgen. Und ich fiel in meine alten Muster zurück; lebte sie noch stärker als zuvor.

Ich musste ihr einen Brief schreiben. Wie sehr ich sie doch vermisste, wie sehr ich es genossen hatte, dass sie mich zurückwollte. Sei es auch nur für einen Tag. Erstmal. Ich fing also an zu schreiben. Ich wollte unter keinen Umständen, dass es schon wieder vorbei sein sollte. Das Problem war nur, dass ich schon wieder so besoffen war. Ich brauchte ungefähr eine Stunde, um den Brief fertig zu kriegen.

Hallo Sara,
ich würde mich so unendlich freuen, wenn du anrufst. Bin schon wieder so besoffen, es ist eine Tragödie. Ich wünschte, du wärst hier. Ich wünschte, du wärst mein Mädchen. Ich wünschte,

wir hätten uns unter anderen Bedingungen wieder gesehen. Ohne Rüdiger und ohne Vorgeschichte. Oh, Sara, wieviel ich heute wieder gesoffen habe. Ich wünschte, es gäbe jemand, der mich davon abhält. Wie ich wünschte, du wärst hier. Wie ich wünschte, dass mich jemand so lieben würde, dass er alles dafür in Kauf nähme, mit mir zu sein. Wie ich wünschte, du wärst es. Vielleicht können wir uns ja noch mal treffen, vielleicht ohne, dass Rüdiger es erfährt. Vielleicht können wir nochmal zusammen auf den Schlaf warten. Vielleicht können wir uns nochmal lieben. Vielleicht bin ich auch zu naiv oder zu betrunken, aber ich glaube, wir können uns weiterhin treffen. Wobei ich sehe, dass das Unsinn ist. Ich leide, weil ich sehe, dass du ständig an Rüdiger denkst. Du leidest auch. Aber ich fände es trotzdem gut. Es ist so schön, mit dir zusammen zu sein. Es gibt mir so viel. Lass es nicht zu, dass ich deine Beziehung zu Rüdiger zerstöre, breche zuvor den Kontakt zu mir ab, wenn du merkst, dass es zu schlimm wird. Ich würde es verkraften. Besser, als wenn du eine sichere und glückliche Zukunft aufs Spiel setzt. Am besten setzt du einen Hacken hinter die Sache mit mir. Es wäre wahrscheinlich das Beste, wir sehen uns nicht mehr und hören einfach nichts mehr voneinander. Wobei ich mich freue, wenn du mich anrufst. Und ich wünschte, du wärst bei mir, wann immer es geht. Ich habe dieses Single-Dasein satt, du glaubst nicht wie. Dieses Trinken und Gröhlen und dieses Schauen, wer in Frage kommt. Ich habe es so was von unglaublich satt. Am besten nimmt du das alles nicht zu ernst, bin so voll wie zwei Haubitzen. Und wahrscheinlich ist alles gar nicht so dramatisch, wie ich jetzt denke. Aber, ich habe keine andere Wahl, als das hier alles zu schreiben. Und schlussendlich, es war eine super schöne Zeit mit dir. Ich sollte es auch abhacken. Was mir wiederum auch nicht gerade gelingen kann, denn: Ich liebe dich, seit ich dich kenne und werde dich immer lieben. Ich würde dich auf jeden Fall mit Handkuss wieder nehmen. Sehe aber auch die Schwierigkeit, dass du mit Rüdiger so lang zusammen warst, die Wohnung hast und nicht einfach so was Neues anfangen kannst. Das respektiere ich durchaus. Aber wie willst du jemals was Neues wagen, wenn du dich immer hinter dem Erreichten versteckst? Was, wenn Rüdiger nicht der Mann für dich ist? Was, wenn es wirklich so ist, dass er dich weiterhin betrügt und dich nicht wirklich respektiert? Was, wenn du aus Feigheit auf dein Glück verzichtest? Fragen, die ich nicht beantworten kann. Höre jetzt auf, macht glaub alles eh nicht so viel Sinn, was ich schreib.

In tiefer Verbundenheit, dein Hans.

Sie antworte mir nie auf diesen Brief. Sie meldete sich überhaupt nicht mehr.

VIERTES KAPITEL
ERSTER ABSCHNITT

Es war der Abend meines 29. Geburtstages. Ich saß in Pauls Kneipe, allein am Tisch mit einer Flasche Burgunder. Mein Gesicht war mit einem Drei-Tage-Bart bedeckt. Den hatte ich nicht aus Prestige-Gründen, ich war schlicht zu faul, mich regelmäßig zu rasieren. Paul hatte viel zu tun. Immer mal wieder hielt er für einen kurzen Schnack an meinem Tisch an. Ich fühlte mich seltsam einsam in der vollen Kneipe, die mit Rauchschwaden gefüllt war. Ich schnappte mir einen Stift und notierte eine kurze Geschichte. Meine Geburtstagsgeschichte.

DIE KELLERTREPPE
Ah, was waren das noch für Zeiten! Das Leben war kompromisslos unkompliziert. Keiner von uns scherte sich um Konventionen oder wo wir diese Nacht schlafen sollten. Ja, wir waren jung. Und die Welt stand uns offen. Ist das heute anders? fragst du mich. Ich kann dir keine adäquate Antwort geben. Wenn du mich fragst, werde ich auf den Boden blicken und verlegen nach Worten suchen. Ich werde meine Zigaretten rauskramen, einen kleinen Schluck von meinem Bier trinken und dann sagen, dass es uns heute besser geht. Dass wir

uns mal was gönnen können und dafür eben auch unsere Verpflichtungen einhalten müssen. Es geht einfach nicht mehr, so ins Blaue hinein zu feiern. Wir werden uns einig sein, uns zuprosten und auf die alten Zeiten trinken. Wir vergessen, dass wir unserem Vorgesetzten heute mehrfach in den Arsch gekrochen sind. Dass wir uns vor dem Frühstück schon fünfmal verraten haben. Und wir werden sagen, dass wir zwar nicht mehr die Rebellion sind, aber dass wir noch lange keine Spießer sind, die nicht mehr wissen, wie man sich amüsieren kann. Insgeheim weißt du so gut wie ich, dass wir alle unseren Platz eingenommen haben. Wir haben uns angepasst, um uns unsere kleinen Vorteile, unsere kleinen Bequemlichkeiten rauszuschlagen. Natürlich, auch früher war nicht alles Gold, was heute in unserer Erinnerung glänzt. Aber sind wir noch frei? Können wir uns entfalten, wie wir wollen? Sind wir unbekümmert? Nun, wir waren es einmal, vor ein paar Jahren. Wir sind im Hafen eingelaufen und haben unsere Anker geworfen. Zumindest die Frauen scheinen gefallen an uns zu haben. Früher waren wir unsicher, wussten nicht, was wir tun mussten, um ihr Herz für uns zu gewinnen. Wir liefen ihnen hinterher und taten alles für sie. Wir führten stundenlange Gespräche und hörten uns ihre Sorgen an. Wir waren der beste Freund, der sie trösten musste, wenn sie wiedermal auf einen dieser Machos reingefallen waren. Auf so einen, der doch ohnehin nur Sex wollte. Zum Glück, sagten sie dann, zum Glück bist du nicht so. Du bist ein echter Freund. Ins Bett haben wir keine bekommen. Und heute? Nun, unsicher sind wir sicher nicht mehr, mein Freund. Wir bekommen unseren Sex. Wir haben die Seiten gewechselt. Ausweinen tut sich heute keine Frau mehr bei uns. Aber sie kommen angerannt, um sich vögeln zu lassen. Wir haben Geld, mein Freund, wir haben Reputation. Ja, und wir haben Sex. Aber ist er von der geheimnisvollen Art, wie wir ihn uns erträumt hatten? Er hat seinen Zauber verloren. Wir sind bereit unsere Seelen einzutauschen gegen Erfolg, Ansehen. Und auch gegen Sex. Ja, wir haben uns einen Ruf erworben, ein Ansehen aufgebaut. Wir geben viel auf Meinungen von Leuten, die wir damals nicht eines Blickes gewürdigt hätten, die wir bedauert hätten. Ja, wir sind alt geworden, gierig und machtversessen. Ich könnte weinen, wenn ich darüber nachdenke. Was ist aus der Zeit geworden, wo wir immer einen lockeren Konter für das Establishment bereit hatten? Mit dem Nordwind, der uns all die Jahre ins Gesicht wehte, verschwunden. Wir spüren die Kälte nicht mehr. Wir haben uns so lange eingeredet, dass alles gut ist, wie es ist, wir haben so lange immer mehr von unseren Überzeugungen aufgegeben, dass heute nichts mehr da ist, was uns damals ausgezeichnet hat. Das Leben hat uns skrupellos gemacht. Eiskalt und hart wie Kruppstahl. Wenn du mich fragst, wo der Wendepunkt liegt, wann ich gemerkt habe, dass Freundlichkeit keinen Selbstzweck erfüllt, kann ich es dir nicht sagen. Der Wandel kam schrittweise – Scheibchen für Scheibchen hat der Teufel uns unser Herz rausgeschnitten. Aber eins weiß ich, aufgefallen ist es mir zum ersten Mal mit dem ersten Job. Mit dem ersten Geld. Mit der ersten Verantwortung. Mit dem ersten Bier, dass ich aus Frust getrunken hab, oder zum müde werden nach einem stressigen Tag.

Wir werden eine Weile dastehen und der dröhnenden Musik aus den Boxen zuhören. Wir werden feststellen, dass wir nicht dazugehören. Wir werden merken, wie uns die anderen anschauen, als seien wir von einem anderen Stern. Und wir sind es. Wir gehören schon lang nicht mehr dazu. Ah, was waren das noch für Zeiten! Es scheint der Lauf der Dinge zu sein. In zehn Jahren werden die, die uns heute anstarren, selbst dastehen und sich fragen, was aus ihnen geworden ist. Noch philosophieren sie auf Kellertreppen über die Existenz Gottes und die wahre Liebe. Auch sie werden hinabsteigen. Und aufblicken zu besseren Zeiten.

Ich war ganz zufrieden damit, in Melancholie versunken saß ich da. Um mich abzulenken, stand ich auf und schaute kurz nach der Post, und tatsächlich, da war ein Brief für mich. Er war von Sara. Seit Jahren hatten wir keinen Kontakt mehr. Nervös öffnete ich das Kuvert. Eine gefaltete Pappkarte lag darin. Meine alte Internatsklasse lud zum Klassentreffen ins Rüttikon. Gelangweilt nahm ich es zur Kenntnis. Und zu gleichen Teilen enttäuscht. Es war kein persönlicher Brief von Sara dabei. Sie hatte mir nur die Einladung geschickt. „Was geht es mich an", dachte ich mir. Sara hatte nichts weiter groß geschrieben, dachte ich. Ich übersah ihre Mitteilung im ersten Moment. Sie hatte auf die Rückseite der Karte ein paar Zeilen gekritzelt. Als ich es Paul im Vorbeigehen sagte, dass ein Klassentreffen ansteht, leuchteten seine Augen. Das sei ja toll, schwärmte er. Da müssten wir sofort hin. Na gut, wenn es Paul etwas bedeute, dachte ich mir, dann könnte ich es ja einrichten hinzugehen. Sara hatte eine kurze Notiz beigelegt, in der sie mich bat, sie ein paar Tage vor dem Abend in der Schweiz zu treffen. An diesem Abend war mir alles egal. Wie viel ihre Nachricht für mich bedeuten würde, was sich alles ändern würde, war mir nicht im Ansatz bewusst. Ich trank noch einen Whiskey und wollte anschließend mein Bett aufsuchen.

Ich beschloss, in die Schweiz zu fliegen und mich mit Sara zusammenzusetzen. Ich war gespannt, wie es werden würde, wir hatten uns jahrelang nicht mehr gesprochen. Was würde sie wohl sagen? Würden wir uns fremd sein? Paul wollte einen späteren Flieger nehmen, um am Abend des Klassentreffens im Rüttikon zu sein

ZWEITER ABSCHNITT

Ich saß an einem kleinen Tisch in einer ruhigen Bar im Rüttikon und wartete auf Sara. Mit einem Gläschen Wein und Erdnüssen vertrieb ich mir die Zeit. Ich merkte, wie ich an meinen Fingernägeln kaute. Etwas abseits in einer Nische hatte ich es mir bequem gemacht. Sara bemerkte mich nicht, als sie eintrat und ihren Mantel ablegte. Sie setzte sich einige Tische von mir entfernt hin und bestellte ein Bier. Durch eine Pflanze geschützt beobachtete ich sie. Ihre Hände legte sie übereinander und rieb sie aneinander. Ich konnte ihr ansehen, dass es ihr nicht richtig gut ging. Sie wirkte etwas verkrampft. Jetzt blätterte sie in einer Illustrierten. Ich genoss eine Zigarette. Ich fühlte mich ihr nah, aber nicht mehr so, dass ich ihr verfallen war. Ich hatte eine gesunde Distanz zu Sara gefunden. Wenn ich aber sah, wie sie sich durch die Haare fuhr, spürte ich es in meiner Magengrube schon kribbeln. Ich entschloss mich, zu ihr rüberzugehen. Langsam schlenderte ich an ihren Tisch, sie saß mit dem Rücken zu mir. Da drehte sie sich um, ein Strahlen huschte über Saras Gesicht. Es war angenehm, sie lächeln zu sehen.

- Hans, da bist du ja.

Sie stand auf, um mich zu begrüßen. Ich sagte erstmal nichts, sondern schaute sie nur an. Wir fassten uns gegenseitig an den Ellbogen an, unschlüssig, ob wir uns umarmen sollen.

- Komm her, lass dich drücken, sagte Sara.
- Schön dich zu sehen, siehst so schön wie eh und je aus.
- Du hast dich auch kaum verändert, aber deine Augen sehen immer noch so müde aus, Hans, setz dich erstmal.

So saßen wir uns also gegenüber. Ich fühlte mich, als wäre unsere letzte Zusammenkunft erst vor einer Woche gewesen.

- Ich habe alle deine Bücher gelesen. Besonders das über deine wahre Liebe hat mich sehr berührt, meinte sie.
- Ja; in der Fiktion ist die Sache einfacher als in der Realität
- Freust du dich auf die anderen, wollte sie wissen.
- Nein, ich bin nur wegen dir da.

Sie schlug die Augen nieder, über ihre Wangen legte sich ein roter Schimmer. Sie strahlte mich an.

- Warum hast du mich sehen wollen, fragte ich.
- Na, hör mal, wir haben uns bestimmt sechs Jahre nicht mehr gesehen. Da wollte ich dich nicht erst in der Masse der anderen sehen.
- Bist du noch mit Rüdiger verheiratet.
- Ja

Mehr hatte sie dazu nicht zu sagen. Sie wich meinem Blick aus und stellte schnell ihre Frage.
- Hast du eine Frau?
- Weißt du, ich habe an jeder Hand fünf. Die Luder rennen mir die Bude ein.
- Oh, na dann gratuliere ich.
- Du glaubst nicht, dass mir das Spaß macht. In Wahrheit...na, ist ja auch egal.
- Wieso, sag doch, was ist in Wahrheit?
- Du würdest es blöd finden und mich für Lächerlich halten.
- Das glaub ich nicht Hans.
- Na, die Wahrheit ist, dass ich dich immer noch liebe. Ich habe in den vergangenen Jahren nie aufgehört, an dich zu denken. Du kannst mich gerne für sonst was halten, aber ich habe dein Bild immer in meiner Seele bewahrt. In dem Moment, kurz bevor ich einschlafe, kommt es hoch in mir, dann sehe ich dein Gesicht.
- Ich habe auch oft an dich denken müssen.
- Warum hast du dich denn nie gemeldet?
- Hans, ich wollte mir einreden, dass ich glücklich verheiratet bin, ich wollte nicht, dass

ich es mir anders überlege, wenn ich dich sehe. Ich habe mich getäuscht. Auch ich kann dich nicht vergessen. Die Jahre ändern nichts daran, im Gegenteil, ich habe die Zeit gebraucht, mir über meine Gefühle klar zu werden.

Jetzt war ich derjenige, dem das Blut in die Wangen schoss. Ich konnte das, was ich da gerade gehört hatte, nicht ganz einordnen.

- Was soll ich sagen, Sara. Was denkst du dir, wie es weiter geht?
- Ich habe ein Hotelzimmer ganz in der Nähe, wenn du willst, kannst du mitkommen.
Sie schaute mich dabei mit einem Augenaufschlag an, dass mir anders wurde.
- Ich weiß nicht, Sara, ob das so gut ist, wenn ich mitgehe. Es wird nur alte Wunden wieder aufreißen. Ich will dich nicht für eine Nacht zurück, ich will dich ganz.
- Verzeih, sei mir nicht böse, ich weiß nicht, was mich überkam, dir diesen Vorschlag zu machen.

Am Tisch tauchte ein Pärchen auf, sie standen verschüchtert neben uns.
- Sie sind doch Hans Belz, ich kenne ihr Foto von ihren Büchern, sagte der Mann.

Seine Frau stand neben ihm und tänzelte von einem Bein auf das andere. Sie schaute mich verlegen an.

- Wir sind nur wegen ihnen noch ein Paar. Ihre Geschichten haben uns klargemacht, dass wir uns nicht wegen Kleinigkeiten streiten sollen, sagte er.
- Das ist schön, meinte ich.

Die zwei gingen mir auf den Sack, was wollten sie von mir. Dachten sie, ich sei der neue Messias, oder was. Ich schrieb meinen Namen auf eine Serviette, dann verschwanden sie endlich. Sara schaute mich bewundernd an.

- So was nervt, sagte ich.
- Du bist vielleicht gemein, die fanden dich echt toll. Freut dich das denn nicht.
- Die halten mich für was anderes als ich in Wahrheit bin, meine Liebe. Ich bin ein versoffener Hurenbock, der einsam ist und nur an eine Frau denken kann, mit der er aber keine Zukunft hat.

Sie legte mir ihre Hand auf meine und schaute mich ernst an. Ich zog meine Hand zurück.

- Lass uns noch einen Wein bestellen, ja
- Hans, es ist irgendwie als hätten wir uns gerade mal ein paar Tage nicht gesehen. Du bist mir so vertraut.

- Ja, geht mir auch so.
- Ich weiß immer noch nicht sicher, ob ich dich will, sagte sie.
- Ist es denn noch ein Thema für dich?
- Ja, das ist es. Nur, wir sind so unterschiedlich. Du trinkst, hurst und machst nichts als schreiben. Ich habe keine Ahnung, ob wir noch zusammenpassen.
- Ich will mich ändern, du kannst mich ändern.

Nach einer Flasche Bordeaux gingen wir noch über die Felder. Es war Vollmond. Die Luft war warm. Wir wanderten schweigend. Ich setze mich auf eine Bank. Sara stand vor mir.
- Willst du nicht Platz nehmen?

Sie fing an zu weinen, still und leise schossen die Tränen aus ihren Augen. Ich stand auf und nahm sie in den Arm. Sie presste sich fest an mich und legte ihren Kopf auf meine Schultern. Plötzlich presste sie ihren Mund auf meinen. Ich küsste sie leidenschaftlich. Wir fielen ins Gras. Ich zog ihr das Shirt aus, und meins gleich hinterher. Ihre Busen waren so schön anzusehen. Ich streichelte sie. Sie fingerte an meiner Jeans. Wir wanden uns auf der Wiese. Die Nacht war lau, nur die Waldkäuze sahen uns zu.

Nach meinem Orgasmus fühlte ich mich unendlich traurig. Eigentlich bin ich nach jedem

Sex ein wenig depressiv, aber diesmal war es stärker. Ich lag auf Sara, vergrub meinen Kopf an ihrer Brust. Sie atmete tief. Wir sprachen nicht, mein Penis steckte noch in ihr. Sie streichelte meinen Hinterkopf. Mir kamen Tränen. Der ganze Schmerz der vergangenen Jahre bahnte sich seinen Weg heraus.

DRITTER ABSCHNITT

Der ganze Hof war mit Girlanden hell erleuchtet. Ein paar Stände waren aufgebaut. Weiße Baldachine im Kerzenschein. Alle waren gekommen. Alle waren alt geworden. Sonst war es wie früher. Bis auf die Anzüge. Die bewährten Grüppchen hatten sich wieder gefunden. Ich stand allein. Paul war nicht gekommen. Meinen Schlips hatte ich schon ein wenig gelockert. Die Bar lachte mich an. So viele verpasste Gelegenheiten, so viele unausgesprochene Worte, so viel verlorene Zeit. Alles hin. Von mir selber hatte ich mich entfremdet. Ich kannte mich nicht mehr. Jeder andere wusste besser über mich bescheid. Kurz bevor ich davor war, hinüber zu den Cocktails zu laufen, sah ich sie. Sara. Sie kam zu mir rüber gehuscht. Ihre Augen verrieten ihr Alter, es hatten sich feine Fältchen gebildet. Sie war so graziös wie immer. Über ihre Figur hatte sie sich immer schon geärgert. Sie hielt sich für zu dünn. Aber so sind die Frauen wohl, nie sind sie zufrieden mit ihrem Körper. Die eine hält sich für zu dick, die andere für zu dünn. Ihr Auftauchen gab mir kurz wieder einen Ruck. Ich rang mir ein Lächeln ab. Ich hoffte, dass sie die letzte Nacht nicht bereute. Ich versuchte, nicht an unseren Sex zu denken. Es würde sich schon alles einrenken.

- Na, meine Blume, wie geht's dir?
- Hallo Belz, so allein? Man sollte glauben, dass sich jeder darum reißt, mit dir gesehen zu werden!
- Ach, das sind verklemmte Arschlöcher. Meinen sie sind was Besseres, die Manager, Bankbosse und was weiß ich was.
- Nun sei mal nicht so überheblich.

Ich wollte das Gespräch schnell in eine angenehmere Richtung lenken. Doch mir fiel nichts ein, um abzulenken. Wir standen uns eine Zeitlang schweigend gegenüber.
- Weißt du, ich denke, mit dem Rauchen aufzuhörn, meinte ich schüchtern.
- Glaubst doch selber nicht
- Wirst schon sehen.

So standen wir da, ich mit Kippe, sie mit ihrem Handtäschchen. Wir waren uns so nah, und doch weiter entfernt als jemals zuvor. Die vergangene

Nacht sprachen wir nicht an. Wobei zumindest ich an nichts anderes dachte. Doch ich konnte sie nicht in den Arm nehmen, die anderen wussten, dass sie verheiratet ist. Zum Glück hatte sie ihren Rüdiger nicht mit zum Treffen genommen. Wir hatten keine Sprache nötig. Standen einfach da und fühlten uns wohl. Da kam ein Mann mit kurzen, dunklen Haaren angelaufen, zwei volle Weizengläser in der Hand. Er drückte mir eines in die Hand und schlug mir auf die Schulter. Er schaute mich vertraut an.

- Belz, trink. Du hast es verdient. Dich braucht man ja nicht zu fragen, wie es läuft. Alles super, oder?

Ich ließ mir meine Überraschung nicht anmerken, grinste und nahm das Bier. Wer war nur dieser Typ?

- Habe dann doch zwei Bücher von dir gelesen. Mann, die sind deftig. Du hast es echt drauf. Cool, wenn man sagen kann, mit dir zur Schule gegangen zu sein.
- Ja.

Mehr wusste ich dann auch nicht zu sagen. Wer war nur dieser Mensch?

- Aber ich seh schon, du bist dich am Unterhalten. Ich lass euch dann mal allein. Wir sehn uns.

Ich schaute höfflich wie ein alter Freund. Er lachte noch mal und ging dann weg. Ich sah, wie er in eine Gruppe eintrudelte und sich mit ausgebreiteten Armen feiern ließ. Es sah aus, als freue er sich wirklich. Wer war er nur?

- Siehst du, Peter hat sich echt gefreut, dich wieder zu sehn. Brauchst gar nicht immer so hartherzig zu sein, sagte Sara mit einem schiefen Lächeln.
- Ach, das war der Peter.
- Du bist vielleicht abgehoben.
- Wie stehst du eigentlich zu mir nach der letzten Nacht.
- Hans, lass uns heute Abend nicht davon reden. Ich komme morgen zu dir ins Hotel, dann sehen wir weiter. Ist das ok für dich?
- Klar, wenn du es so willst.

Wir setzten uns an einen der abgelegenen Tische. Die Kerze in der Mitte flackerte, wir waren durch einen Strauch abgeschirmt von den anderen. Ich griff nach ihrer Hand.

- Hans, vielleicht war die letzte Nacht ein Fehler. Es ging so schnell.
- Wir haben sechs Jahre gewartet.
- Du kennst mich nicht mehr, und ich dich auch nicht. Du bist in deine Erinnerung verliebt, nicht in mich.
- Das können wir ändern. Die Gefühle, die ich für dich habe, sind echt. Du bist mein Schicksal, Sara.
- Wir sind zu verschieden.

- Gegensätze ziehen sich an, meine liebe Sara, das dürfte doch allgemein bekannt sein.
- Es würde nicht passen mit uns.
- Ich glaube eher, du hast Angst. Ich weiß nur nicht, ob du Angst hast, ich könnte dich verletzten oder davor, dich auf mich einzulassen. Du weißt, wenn du es tust, würde ich dich nie wieder loslassen. Ich würde dich auf Rosen gebettet durchs Leben führen. Ich werde dich glücklich machen.
- Ich mag dich doch auch. Aber ich stehe nicht so hinter unserer Verbindung, wie du es tust.
- Vielleicht wähle ich nur andere Worte, um dir zu sagen, dass ich dich bombastisch finde. Du brauchst ja nichts zu überstürzen. Lass dir Zeit. Auf ein paar Wochen kommt es jetzt auch nicht mehr an. Erinnerst du dich, wie ich dir damals in Australien sagte, dass du mit einer Rose zu mir kommen sollst, wenn du dich für mich entschieden hast. Ich stehe dazu. Wir brauchen nichts zu überstürzen.
- Warum bist du so vernarrt in mich?
- Ich weiß es nicht. Ich fühle mich wohl mit dir, seit ich dich kenne. Und ich glaube nicht, dass sich das irgendwann ändert. Ich glaube, ich weiß gar nicht, was Liebe ist. Aber wenn ich sagen müsste, was es ist, ich würde sagen, es ist mit dir an diesem Tisch zu sitzen. Mit dir Arm in Arm im Bett zu liegen, mit dir zu schlafen.

Was fühlst du denn für mich? Was willst du von mir?

- Ich mag dich. Das hört sich jetzt vielleicht nicht so an, wie die große Liebe. Aber ich glaube, dass du mir ein guter Mann wärst. Ich glaube nicht, dass du mich jemals schlecht behandeln wirst. Aber ich weiß nicht, ob wir in der heutigen Realität zusammenpassen. Damals in der Schule war das anders. Aber die Zeit ist nicht spurlos an uns vorbeigegangen. Weder an dir noch an mir. Ich denke, wir sollten es so belassen. Wir sind Freunde, nichts weiter.
- Ich will aber nicht dein Freund sein. Ich will dein Liebhaber sein.

Ich sagte es etwas lauter als gewöhnlich. Ich wollte doch noch so viel mit ihr erleben.

Ich hatte diesen seit Jahren anhaltenden Liebeskummer mehr als satt. Ich hatte meine Affären satt. Ich wollte nicht mehr den Mond anheulen.

- Sara, ich geh mal zu den andern.
- Gut, ich muss ohnehin zurück zu Rüdiger. Wollte nur kurz mit dir reden.

Was dachten sich die Frauen nur? Sara war nicht anders als Martina, dachte ich mir. Alles Schlampen.

Ich setzte mich alleine an einen Tisch, vorher hatte ich an einem der Stände eine Flasche Met gekauft. Das Zeug schmeckte mit jedem Schluck immer besser. Die Gedanken kreisten um Sara, die Hände sorgten dafür, dass mein Glas nicht allzu lange leer blieb. Was wollte ich eigentlich von ihr? Ich hatte mich vielleicht doch zu sehr in die Sache reingesteigert. Im Endeffekt ging es mir gut – ohne Sara. Was wollte ich, warum war ich so vernarrt in sie? Ihre Frage war mehr als berechtigt. Die Flasche war ruckzuck ausgetrunken. Ich ging mir ein Bier holen. Meine Gemütslage war nicht die beste. Und ich merkte schon eine leichte Trunkenheit.

Meine Unsicherheit im Umgang mit meinen Schulkameraden äußerte sich in blöden Sprüchen. Saras erneute Abfuhr mag ihren Teil beigetragen haben. Mein Tonfall war deutlich lauter als gewöhnlich.

- Und Andreas, bei dir läuten bald die Glocken?, schrie ich.
- Ja, ich heirate in zwei Wochen, sagte er und legte seinen Arm um seine Freundin.

Ihren Namen hatte ich zwei Sekunden später vergessen. Ich wollte mich gut fühlen und holte mir ein neues Bier. Ich schwätzte kurz mit Andreas und er erzählte mir, wie sich das Leben der anderen so entwickelt hatte. Einer war bereits geschieden, der andere hatte gerade sein Haus gebaut und der nächste scheffelte Millionen.

Mit Ruhm bekleckerte ich mich an diesem Abend nicht. Ich soff mir einen ordentlichen Rausch an, küsste Norbert ständig auf den Mund, schrie die Leute an. Ein Beispiel? „Hab gehört, du bist schon zweimal geschieden?" „Wieso sind deine Haare so wasserstoffblond? Bist du in den Rhein gefallen". Kurz, ich schaffte es, jedem in einer Form auf den Schlips zu treten. Ich wollte es nicht zugeben, aber ich hätte an diesem Abend besser nichts getrunken, sondern in meinem Hotelzimmer ein paar Tränen vergossen.

Gegen vier Uhr stand ich im Regen und wusste nicht wohin. Es war kalt und windete, kein warmer Sommerregen. Ich hatte die Orientierung verloren, wusste den Weg zu meinem Hotel nicht mehr. Ich packte mein Handy aus. Es war keine Nummer dabei, die ich hätte anrufen können. So stand ich da und wurde immer nässer. Ich setzte mich auf eine Bank und steckte mir eine Zigarette an. Vorgebeugt, mit gespreizten Beinen saß ich und zog an meinem Glimmstängel, fuhr ab und an durch meine Haare und fühlte im Prinzip nichts. Saß nur da und rauchte. Ich hörte mich selbst singen: „When you're down and troubled…and

that cold north wind begins to blow…call my name out loud and you know, wherever I am I'll come running..to see you again". Hatte ich einen Freund? Einen, der so gut war, wie es mir meine Lieder versprachen? Paul - auf ihn konnte ich immer zählen. „Was bemitleidest du dich eigentlich", fragte ich mich selber. Ich hatte genug Sex, hatte mit Sara eine Frau, die ich liebte, wenn es auch vorbei war. Ich hatte meine Zeit mit ihr. Und mit Paul hatte ich den besten Freund, den ich mir nur wünschen konnte. Kein Grund also für irgendeinen Gram. Zudem hatte ich eine Arbeit, die mir nicht nur Spaß machte, sondern mich zwischenzeitlich auch noch gut ernährte. Ich wurde mir meiner Situation bewusst – mir ging es gut. Ich rappelte mich auf und torkelte in Richtung Innenstadt. Aus einer kleinen Kneipe drang noch Licht auf den Gehsteig. Ich trat ein. Ungefähr drei Männer vertrieben sich die Zeit an der Theke, ich setzte mich dazu und bestellte ein Bier.
- Wie lange habt ihr auf?
- Bis sechs.

Da hatte ich ja noch ein wenig Zeit. Eigentlich hatte ich keinen Durst mehr. Ich stierte auf mein Bier und merkte, wie ich mich mit meiner Sauferei davon abhielt, wirklich über Sara nachzudenken. Mir wurde klar, dass mein ganzer Lebensrhythmus darauf ausgerichtet war, nicht nachzudenken. Nicht über Probleme irgendeiner Art, und nicht über Sara im Besonderen. Was hatte diese Frau nur mit mir angestellt. Es kam mir plötzlich so surreal vor, dass ich ihr seit Jahren hinterherlief und sie mir nie gesagt hat, sie wolle mich nicht mehr sehen. Zwar war sie auch nie auf meine Annäherungsversuche eingegangen, und doch war sie seit unserer Trennung nicht nur ein Mal mit mir im Bett gewesen. Ich konnte meinen Gedanken nicht zu Ende führen. An dem Punkt, wo ich dachte, ich hätte unsere Beziehung durchschaut und könnte den Knoten lösen, der mich an sie bindet, verwandelte sich mein Hirn in das eines Sturzbetrunkenen. Es ging nichts mehr. Ich dachte nur noch, dass ich wahrscheinlich nicht vorbereitet war, die Wahrheit zu erfahren und mich unbewusst selbst vor ihr schützte, indem ich meinem Hirn verbot, weiter darüber nachzudenken. Ich setzte mein Bier an.

-   Noch eins?, fragte der Wirt
    Ich schob ihm zustimmend mein Glas zu und er spritzte es wieder voll.

Was würde ich morgen zu Sara sagen? Ich malte mir aus, wie es wäre, ihr zu sagen, dass wir uns niemals wiedersehen dürfen. Der Gedanke machte mir Angst. Und doch, es war die beste Lösung. Sie musste verschwinden, aus meinen Gedanken und Träumen, aus meinem Leben.

- Ich hab was Besseres verdient, sagte ich zum Wirt
- Wir alle, mein Guter, das haben wir alle.

Ich wollte nicht ewig warten. Ich hatte es lange genug getan. Sara würde ab morgen Vergangenheit sein, ich war mir so sicher wie man nur sein kann. Mir war unwohl, aber doch war ich überzeugt, die richtige Entscheidung zu treffen. Ich kippte noch eins und bestellte mir ein Taxi. Als ich im Bett lag, war mir klar, dass ich noch so viel überlegen konnte. Ich würde Sara ewig lieben. Dagegen konnte mein Verstand nichts unternehmen.

VIERTER ABSCHNITT

Sara hatte es sich auf meinem Sofa gemütlich gemacht. Ich hätte froh sein können. Wäre da nicht Rüdiger gewesen, der ständig seinen Arm um Sara gelegt hatte und mich unentwegt blöde angrinste. Was musste sie diese Flachpfeife auch mit zu mir bringen?

- Wie ich gehört habe, wart ihr mal eine Zeit lang zusammen, sagte er.

- Ja, aber das ist schon lange her, meinte ich und versuchte dabei, möglichst gleichgültig auszusehen.
- Ja, ja wir alle waren mal jung, sagte er und lächelte Sara stupide an.

Was konnte Sara an diesem Arsch nur finden. Er war um einiges älter als sie, trug einen Schnauzbart und redete nur Unsinn. Ich musste mir eingestehen, einfach kein Glück zu haben. Keins im Allgemeinen und im Besonderen mit den Frauen. Nichts als Schlampen, die sich mir hingaben.

Wir saßen gut eine halbe Stunde zu dritt verkrampft in meiner Suite und führten einen laschen Smalltalk. Ich konnte beim besten Willen nicht verstehen, warum sie ihren Dummkopf mitbringen musste. Auf einmal klingelte es an der Tür.

- Hey Belz, alter Schlawiner. Ich hab's gestern nicht mehr geschafft, doch wie du siehst, bin ich endlich da.

Es waren Paul und Corina. Ich umarmte Paul und gab Corina ein Küsschen auf die Wange. Es war gut, dass sie endlich da waren. Wir setzten uns auf die Sofas, die im Quadrat zueinander angeordnet waren. Sara und Rüdiger auf dem Dreisitzer, ich mit Paul auf dem anderen, Corina saß auf dem Sessel, der die Garnitur nach oben beschloss. Paul hatte seine Hand auf ihrem Rücken und streichelte sie gedankenverloren. Ein schönes Bild. Ich orderte mehr Tee und Kaffee beim Zimmerservice.

- Für mich einen doppelten Whiskey.

Ich stellte die Runde einander vor. Es war wie auf einem Neujahrsempfang eines steifen Politikbonzen. Alle waren höflich bemüht, einander nicht zu nahe zu kommen. Ich musste die ganze Zeit die fiese Fresse dieses Wichsers anschauen und ertragen, wie er seine verschwitzte Hand auf Saras presste. Wir plauderten über Literatur. Über meine im Speziellen. Ich fühlte mich unbehaglich. Mein Kopf war nicht in der Lage, zu arbeiten. Ich hatte das Gefühl, nichts Gescheites sagen zu können. Ich bestellte also erstmal ne Flasche Single Malt und fünf Gläser. Die anderen nahmen sich jeder ein Glas, aber sie tranken nicht wirklich. Paul war der Einzige, der wusste, wie ich mich in diesem Moment fühlte. Dachte ich. Ich betrachtete Sara genau und lange. Sie wusste ja nicht, wen sie mit mir sausen ließ. Ich bemerkte nicht, wie mich Rüdiger kritisch beäugte. Das Gespräch drohte zu verstummen. Paul kniff mich in die Seite und fing ein Gespräch mit dem Lackaffen an.

- Und du Rüdiger, sag mal, womit verdienst du dein Geld?
- Ich bin in der Exportbranche. Meine Firma steigt jetzt fett ins Geschäft mit dem asiatischen Markt ein.

Rüdiger startete einen nicht enden wollenden Monolog. Solche Schwätzer waren mir schon immer zuwider. „Würdest Du mich bitte ausreden lassen", war wohl der Satz, den solche Arschgeigen am häufigsten gebrauchten. Zudem war ich schon wieder beschwipst. Lange konnte ich nicht mehr ruhig bleiben, das spürte ich genau. Der Hass stieg hoch in mir.

Sara saß derweil neben ihrem Göttergatten in spe und wirkte etwas unsicher. Sie fühlte sich offensichtlich nicht wohl in ihrer Haut. Sie habe genau gespürt, dass ich drauf und dran war, eine Dummheit zu machen, erzählte sie mir später.

Noch jedenfalls blieb ich still und trank einen Braunen nach dem anderen. Ich hörte die Gespräche der anderen nicht mehr, versank in meinen Gedanken. Immer wieder drängte sich mir das Bild auf, wie Sara sich von diesem widerwärtigen Rüdiger bumsen lässt.

Und das Schlimmste. Dieser Rüdiger schien mich auch noch leiden zu können. „Ganz fasziniert" von meinen Werken sei er. Er wurde nicht müde es zu betonen und mich gleichzeitig auch noch anzutatschen. Dennoch, meinte er, würde er mir raten, nicht so exzessiv zu trinken.

- Das fördert meine Kreativität, in meinen Büchern ist kaum eine Zeile nüchtern entstanden, sagte ich und blickte ihn herausfordernd an.
- Hast du damals, als du mit Sara zusammen warst, auch schon so ein Leben geführt?
- Hör doch auf, rief Sara. Sie wirkte fast hysterisch.
- Was denn Schatz? Man wird ja wohl noch fragen dürfen.

Mir wurde dieses Treffen immer mehr zu viel. Doch ich wusste schon, wie ich diesem Rüdiger richtig schön eins auswischen konnte. Voller Vorfreude auf meine Rache lehnte ich mich zurück und beschloss ihm von nun kurz das Gefühl zu geben, er sei mein bester neuer Freund.

- Ja, du hast schon recht. Manchmal ist ein wenig Rückmeldung gar nicht schlecht.
- Ich mein es ja auch nur gut, sagte er und strahlte.

- Und um auf deine Frage zurückzukommen. Manchmal habe ich das Gefühl, ich sei bis heute mit Sara zusammen.

Sein Lächeln erstarrte.

- Wie darf ich denn das verstehen.
- Fragst du dich manchmal, ob deine Frau dir treu ist, wollte ich wissen.

Sarah errötete kaum merklich.

- Was soll denn das für eine Frage sein. Bist du eifersüchtig? Sara hat mir gesagt, dass du noch etwas für sie empfindest. Dass du ständig auf sie wichst.
- Sie gibt mir auch keinen Anlass, aufzuhören, an sie zu denken.
- Hans, bitte, zischte Sara, du bist schon wieder betrunken.
- Ach ja? Erzähl mal deinem Prinzen, warum du immer wieder zu mir kommst, wenn du es richtig besorgt bekommen willst.
- Also, das reicht jetzt. Komm Rüdiger, wir gehen, schrie Sara.

Sie sprang auf, schmiss dabei ein paar halbvolle Gläser um und hetzte zur Tür. Rüdiger saß verdutzt im Sessel.

- Kommst du jetzt, das lass ich mir nicht bieten, fauchte Sara.

Und zu mir gewandt:

- Dich will ich nie wieder sehen.

Rüdiger stand schnell auf. Ich ebenfalls und legte meine Hand verschwörerisch auf seine Schulter. Kurz sah ich Saras Gesicht. Sie war völlig erhitzt, hatte rote Flecken auf den Backen. Ich sagte ein wenig leiser als sonst, aber noch gut für alle hörbar: „Weißt du, auch wenn Sara dich heiratet. Sie wird immer wieder zu mir kommen. So wie vor ein paar Tagen wird sie immer wieder mit mir schlafen. Und wenn ihr ein Kind bekommt, wirst du dich immer, wenn du es anschaust fragen, ob es nicht aussieht wie der große Belz. Machs gut."

SCHLUSS

Sara rief mich nicht mehr an. Ich hatte mich schon damit abgefunden, sie nicht mehr so schnell zu sehen. Am letzten Abend in der Schweiz wollten Paul, Corina und ich nochmals in den guten alten Waschsalon gehen. Am Abend des kommenden Tages ging unser Flug. „Wird schon alles wieder gut", sagte ich mir selber. Ich würde wieder schreiben, am Meer sitzen und meinen Hals nach den Frauen im Pub verdrehen. Ich brauche Sara nicht, um glücklich zu sein, versuchte ich mir einzureden.

Ich fühlte mich unendlich schwach, wollte es aber nicht zugeben. Jetzt hatte mich mein Schicksal also wieder in die Provinz geführt. In den

Waschsalon im Rüttikon. Die Musik wummerte. Spaß erhoffte ich mir und bekam ihn nicht. Es war, als wären die Gesichter ausgetauscht worden, sinnentleerte, gierige Gesichter. Alles hatte sich geändert und doch war irgendwie alles so wie früher, nur ohne die guten Seiten, wie ich dachte. Ich konnte nicht mehr. Ich brauchte ein paar Minuten, um mir über meine Situation klar zu werden und verdrückte mich aufs Klo. Einsam saß ich auf dem zugeklappten Scheißhaus und starrte auf die bekritzelte Wand. Was war nur in mir drin zerbrochen? Ich konnte keinen klaren Gedanken fassen. Alle Türen waren zugeschlagen. Das Ende der Sackgasse erreicht. Nachdem ich kräftig gekotzt hatte, schaute ich, dass ich wieder rauskam. Ausgebrannt und leer setzte ich mich auf die Treppenstufen. In meinem Körper war Wein und Bier im Gegenwert von rund 70 Euro. Ich stützte den Kopf auf beide Hände. Mir fiel der Spruch ein, der am Schreibtisch meines Verlegers hing: „Was mich fertig macht ist nicht das Leben, es sind die Momente dazwischen." So war es. Zu leben zwischen den großen Momenten, das ist die Kunst. Ich habe immer die großen Augenblicke gelebt und die kleinen nicht beachtet. Wohl zu viele große auf einmal verbraucht. Konto leer. Was tun mit den kleinen?

Da kam Paul.

- Hey Belz, was is'n los?
- Ich bin hilflos. Ich hab alles vergeigt. Ich bin ein großer in der Literaturszene. Aber mein Leben besteht aus nichts, aus Alkohol vielleicht. Ich kann nichts. Ich bin nichts und ich erwarte auch nichts mehr.
- Ist es wegen Sara?
- Wir waren fast wieder zusammen. Seit dem Internat liebe ich nur sie. Aber nein, sie fickt ja mit diesem Rüdiger.

Er legte mir freundschaftlich die Hand auf die Schulter und sagte, ich solle zum Tanzen kommen. Das würde mich auf andere Gedanken bringen. Ich ließ mich überreden. Nach drei, vier Bieren und ein paar Tequila gings mir etwas besser, dachte ich. Ich stand rum. Paul tanzte mit seiner Freundin. Corina schlug vor, einen Tanzwettbewerb zu veranstalten. Jeder solle was vorführen und die anderen sollten dann sagen, an welches Tier der Tanzstil erinnert. Ich willigte ein und gab mein bestes. Ich dachte, dass das bestimmt cool und locker aussieht, was ich tat. Ich dachte an mein Leben. Ich kam in Stimmung und fühlte mich auf einmal echt gut. Als ich meine Wertung abholen wollte, sagte Paul.

- Mann, du tanzt wie ein Bär. Wie einer, der voller Energie ist, die aber nicht rauslässt. So als ob du alles in dir unterdrücken würdest.

- Ja, sagte Corina, etwas unbeweglich und tapsig. Aber irgendwie süß.

Das hatte mir grad noch gefehlt. Ein Bär. Sie hatten mich also durchschaut. Ein Tier, das seine Gefühle versteckt, vor Kraft kaum Laufen kann, sich dessen aber nicht bewusst ist und auf nichts Rücksicht nimmt.

Ja, ich war ein Bär, der alles tat, um nicht verletzt zu werden. Der sich hinter seiner Ersatzliebe Alkohol versteckt, keine Liebe zulässt. Einer der sagt, er liebe den Alkohol, mehr vielleicht noch als die Frauen. Ein Versager. Ich musste weg. So ging es nicht weiter. Ich kaufte mir noch ne Pulle und setzte mich wieder auf die Treppen des Waschsalons. Sturzbetrunken war ich. Meine Krawatte schwankte über dem halb aufgeknöpften, mit Rotwein befleckten Hemd. Mir kamen die Tränen.

Ich torkelte nach draußen zu meinem Audi 100. Ja, Geld hatte ich mittlerweile. Ich rülpste laut. Nur heim, ging mir durch den Kopf. „Fast 30 Jahre alt und alles falsch gemacht" lallte ich einer Gruppe Jugendlicher zu, die wahrscheinlich momentan im Internat waren, voller Träume und Hoffnungen. Sie lachten und hauten mir auf den Rücken. Jämmerlich.

Wie ich heimgekommen bin wusste ich am anderen Tag nicht mehr. Blackout. Ich wusste nur, ich krümmte mich, den Kopf auf die Hände gelegt. Den Kopf so voll, dass kein Gedanke möglich war.

Im Mund hatte ich einen unglaublich pelzigen Geschmack. Das Trinken tat im Hals weh.

Das Telefon des Hotelzimmers klingelte.

- Ich will heim zu dir.
- Was?
- Ich will dich, verzeih mir.
- SARA?
- Belz, hier ist Sara
- Oh Mann.
- Was ist mit deiner Stimme los?
- Alkohol.
- Ich würde dich gern sehen
- Was ist mit Rüdiger?
- Können wir uns nicht treffen?
- Komm vorbei.

Es klopfte an die Türe, als ich mir den Pelz aus dem Gesicht rasierte. Sara stand auf dem Gang. Auf dem Kopf den braunen Hut, den ich so gern an ihr hatte. In ihrer Hand eine rote Rose. Ein betörender Geruch drang in meine Nase.

Hinter ihr stand Paul. Er lächelte. Sie traten beide ein.

Ich wusste plötzlich gar nichts mehr. Zu viele Eindrücke in all den Jahren. Was war nur aus der Welt geworden. Mein Kopf schien nahe daran zu sein zu platzen. Ich blickte auf. Paul und Sara waren verschwunden. Wo waren sie hin? Ich stand auf und trank einen Schluck Wasser. Gleich ließ ich mir einen Kaffee raus. Ich griff nach meinen Zigaretten. Ich saugte gierig. Und musste daraufhin husten, ein kratzendes Geräusch. Ich legte meine Hände vor mein Gesicht. Ich kotzte auf den Boden. Zitternd stand ich auf. Kalter Schweiß drang aus meinen Poren. Der Kampf hatte gerade erst begonnen.